CB016644

ROUPAS SUJAS

LEONARDO BRASILIENSE

Roupas sujas

Romance

Grafia atualizada segundo o Acordo Ortográfico da Língua Portuguesa de 1990, que entrou em vigor no Brasil em 2009.

Capa
Milena Galli

Foto de capa
Leonardo Brasiliense

Preparação
Ciça Caropreso

Revisão
Jane Pessoa
Angela das Neves

Os personagens e as situações desta obra são reais apenas no universo da ficção; não se referem a pessoas e fatos concretos, e não emitem opinião sobre eles.

Dados Internacionais de Catalogação na Publicação (CIP)
(Câmara Brasileira do Livro, SP, Brasil)

Brasiliense, Leonardo
Roupas sujas : romance / Leonardo Brasiliense. — 1ª ed. —
São Paulo : Companhia das Letras, 2017.
ISBN: 978-85-359-2999-7

1. Ficção brasileira I. Título.

17-07390 CDD-869.3

Índice para catálogo sistemático:
1. Ficção : Literatura brasileira 869.3

[2017]
Todos os direitos desta edição reservados à
EDITORA SCHWARCZ S.A.
Rua Bandeira Paulista, 702, cj. 32
04532-002 — São Paulo — SP
Telefone: (11) 3707-3500
www.companhiadasletras.com.br
www.blogdacompanhia.com.br
facebook.com/companhiadasletras
instagram.com/companhiadasletras
twitter.com/cialetras

O inferno é não poder aceitar
o perdão.

Maria Carpi

ANTÔNIO

1. O casamento

Meu pai teve oito filhos.* Aquilo na roça, e na época, era necessário. Um empregado custava caro, um meeiro exigia dividir a colheita. Filhos, portanto, eram riqueza, e todos tinham função. Os homens crescidos trabalhavam na enxada, as mulheres tocavam a casa. Os mais novos, inocentes, precisavam sobreviver — só um não conseguiu. E nós, os do meio, fazíamos coisas menores: Valentina, que tinha doze anos, cuidava do caçula, ainda um bebê, e eu, homenzinho já com oito, limpava as armas todas as semanas.

No outono do ano seguinte à morte da mãe, Maria Francesca, a segunda entre as mulheres, anunciou que iria se casar. Foi

* A mãe faleceu no último parto. Nem pôde ver a criança: morreu com o filho atravessado na barriga. Na colônia, nos anos 1970, ainda era comum nascer em casa. O pai acudiu aos berros da parteira e, antes de chorar pela mulher, puxou da cintura a faca e lhe abriu o ventre, salvando o menino. Batizou-o Pedro, ele que veio ao mundo quebrando as vidraças do que todos consideravam um lar, feito uma pedra. Por óbvio, a analogia não ocorreu àquele homem rude; foi sobretudo um fato.

num almoço. Uma palidez lhe denunciava o estado de nervos e ressaltava as olheiras que seriam fruto de várias noites maldormidas.

Geni, a irmã mais velha e sem noivo ou sequer namorado, baixou a cabeça. Seus braços eram grossos e fortes, ela toda sempre me pareceu forte. Geni respirava ruidosamente, eu estava próximo a ela, pude ouvir.

O pai ficou esperando algo mais, com o garfo na mão.

— Ele vem hoje de noite lhe pedir consentimento — disse Maria Francesca.

O pai levou o garfo à boca. Seguiu comendo sem fazer nenhum comentário, sem olhar para nenhum de nós. Nada em sua face ou em seus gestos nos deixava imaginar o que ele estava pensando.

De tarde, perguntei a Valentina se nunca mais iríamos ver Maria Francesca. Ela respondeu que não sabia. E não tivemos coragem de perguntar aos outros, desde o almoço ninguém falava com ninguém.

Nos fundos da casa, ficavam os tanques: um de lavar roupas e o tacho de polenta e outro para lavar os pés na volta da roça — no inverno, lavar os pés era o banho do dia a dia; o completo, só no sábado. Atrás dos tanques, eram os dois banheiros, tudo de tábua, as paredes e os assentos. Mais atrás, a horta, para lá do poço.

Geni, por ser a mais velha, cuidava da horta e da cozinha. Maria Francesca lavava a roupa. Quando a mãe era viva: ela cozinhava, Geni lavava a roupa e Maria Francesca nos vigiava. Com a morte da mãe, todos ascenderam nas funções, e ninguém estava preparado.

O natural seria que a primeira filha casasse antes e fosse embora, a mãe continuando viva na cozinha. Mas tudo estava errado em nossa casa. E o pai, talvez pela fraqueza que a desarmonia lhe deu, consentiu o casamento de Maria Francesca. Aquele João Wagner era um rapaz bom, ninguém diria o contrário. Pena ele ter escolhido a noiva errada. Mais uma coisa fora do lugar. Tínhamos que ser fortes. Principalmente Geni, com o sentimento de ter sido preterida pela sorte. E de certa forma Valentina, que em breve passaria a lavar a roupa.

Quem não se afetava com qualquer mudança era a dupla de irmãos homens, que na idade — dezenove anos — ficavam entre Geni e Maria Francesca.

Estevam e Ferrucio, gêmeos, subiam com o pai toda manhã para a roça, voltavam ao meio-dia, comiam mais que nós outros todos juntos, em seguida era a roça de novo enquanto houvesse um raio de sol. Muitas vezes, à tarde, subiam sozinhos, o pai costumava ir ao distrito fazer negócios. Estevam e Ferrucio não falavam muito.* Eram iguais em quase tudo: magros e altos, o cabelo quase ruivo penteado para o lado direito. Mas Ferrucio não tinha uma orelha, perdeu quando criança numa brincadeira boba com facas — eu não gostava de olhar para o buraco.

Para os gêmeos, mudar a cozinheira dava no mesmo: de qualquer modo não seria mais a mãe.

A questão era ainda a morte da mãe. A saída de Maria Francesca nos soava como um eco. Mais uma deixando a família, que encolhia, ficava menos família. O que seria de nós?, todos deviam perguntar cada um para si, nunca em voz alta.

Exceto Valentina e eu, que comentávamos tudo entre nós...

— Onde é que ela vai morar? — eu perguntei.

— Acho que longe. Ontem ouvi ela dizendo para Geni que vai para bem longe, que não volta mais.

— Isso é certo?

Valentina era nova demais para me responder. Mas nós dois sabíamos, tanto quanto os adultos, que nossa vida estava mudando.

E que estava tudo errado.

* Os gêmeos tinham uma percepção diferente das coisas. A roça era em cima do morro (plantavam feijão e milho), e do outro lado se estendia um vale. Para eles, o pôr do sol se dava no horizonte ao fim do vale, mais tardio e mais distante que para os outros irmãos, que o viam logo ali atrás do morro.

Geni acordava antes de todos, acendia o fogo no fogão a lenha e preparava o café da manhã. Sempre tinha ovos mexidos, pão doce e um café preto bem cheiroso. O que eu mais gostava era das geleias — minha favorita, a de goiaba —, ficava com o gosto na boca por horas.

Depois Valentina e eu íamos para o grupo escolar a pé. Três quilômetros pela estrada vicinal. A escola era uma construção pequena, de tábua de araucária — como nossa casa —, amarela com aberturas marrons. Na única sala de aula, Valentina estava na quarta série e eu na primeira.

De tarde, além de cuidar de Pedro, ela me ajudava a entender os temas de casa. A mãe estava morta.

Pedro não dava trabalho. Tinha quase dois anos e ainda passava a maior parte do tempo no chiqueirinho de ripas que o pai fez e nós deixávamos na varanda. Demorou a falar, e a primeira palavra foi "mãe". Como ele nunca a viu, demo-nos conta de que falávamos muito nela. Quer dizer, Valentina se deu conta, comentou comigo olhando para o pequeno. Ele se agarrava nas grades de ripa, atento em nós.

Valentina me poupou de muito esforço para entender as coisas do mundo, da família e da vida. Aprendi a interpretar os fatos que nos cercavam através de seu olhar. Houve um tempo em que eu agradecia por isso, hoje fico pensando no quanto perdi.

Hoje vejo Pedro como a nossa ponte. O último a estar com a mãe, o último a falar com ela. Mesmo ignorando sua existência e que ela não ouviria.

O pai resolveu fazer um almoço de domingo para o noivado de Maria Francesca. O tempo ajudou, fez um dia de sol e sem nuvens. Veio a família de João Wagner: pai, mãe e dois irmãos. Todos muito corpulentos, muito vermelhos e tímidos. O pai dele concordava com tudo o que o nosso dizia. Arregalava aqueles olhos azuis, como assustado, e balançava a cabeça de um jeito meio servil.

Era nítido no semblante de nosso pai o desrespeito pelo homem. Arrependera-se de mandar Geni fazer porco e batata — "esses alemães gostam de porco e batata" — em vez da nossa polenta com frango. Agradar às visitas era uma obrigação quase religiosa para nós. No entanto, elas tinham que merecer.

Para ajudar na cozinha, Geni requisitou Valentina, porque Maria Francesca tinha que fazer sala aos futuros sogros. A janela da cozinha se abria para o pátio, onde estava a mesa do almoço e o círculo de cadeiras ao redor do pai. Geni cortava o repolho fixada nos noivos, e cortou o dedo. Não fez cara de dor, só olhou para o corte, deixando o sangue escorrer no repolho. Valentina fingiu não ver. E mais tarde ela me jurou que a outra espremeu o dedo até não escorrer mais sangue.

O pai de João Wagner foi o único a interromper o silêncio durante o almoço. Propôs um brinde aos noivos, lá do jeito dele, apagado. Todos murmuraram e ergueram os copos de vinho — ou suco de vinho, no nosso caso. Dali em diante, não se falou quase mais nada, os alemães foram embora lá pelas duas da tarde. Nosso pai já não aguentava nem disfarçava o sono.

Esqueceram de marcar o casamento. Ou se alguém lembrara, como o pai não tocou no assunto, ficou tacitamente para outro dia.

Maria Francesca lavou os pratos sem tirar o anel de noivado.

Geni foi colocar um curativo no dedo.

Dias depois, quem se cortou foi Estevam.

Eu passava banha na espingarda, sentado embaixo da laranjeira, e ouvi os gritos de Ferrucio: "Acudam, acudam". Ele e o pai carregavam Estevam desacordado. Ambos vinham sem camisa, que haviam amarrado no pé direito do outro, numa trouxa de sangue.

Corremos todos à cozinha. Deitaram Estevam sobre a mesa e abriram a trouxa. O pé estava pendurado na canela por um fiapo de carne. Maria Francesca deu um grito. Foi-se o osso, foi-se tudo.

Eu não tive nojo. Teria, mas me distraí: pensei no futuro de Estevam, ele andando de muletas, o pé direito pendurado, balançando no ar.

O pai lhe atou uma tira de couro na canela, para estancar melhor o sangue, e foi correndo pegar o Fusca.

Comecei a me culpar por não sentir o que os outros sentiam, por não ficar desesperado ou com medo. Agora pensava em como conseguiríamos as muletas, se custariam caro.

Saíram de carro com Estevam para a cidade, o pai — ainda sem camisa — e Geni.

Ferrucio ficou sentado na cozinha, olhando a mesa onde há pouco estava o irmão desmaiado. Tremendo, ele dizia "Foi sem querer, não foi por gosto".

Estevam ficou no hospital por uma semana. Hospital pequeno de cidade pequena, de poucos recursos, fez-se o possível. Ia e vinha uma febre que o médico demorou a vencer. Geni o acompanhou o tempo todo, o pai o visitava todos os dias e nos trazia as notícias.*

De noite, eu sonhava com o pé de Estevam balançando, pendurado. Às vezes, sonhava que era o pé esquerdo e me corrigia no próprio sonho, dizia-me que estava errado, que era o direito. As ausências de Geni e Estevam na casa me deixavam perdido.

* Andava internada no hospital, por aqueles dias, a esposa de um vizinho de terras. O pai de Antônio a procurou. O marido dela saíra para fazer compras na cidade, quem a acompanhava no quarto era a única filha mulher. A moça, encabulada, não disse uma palavra durante toda a visita. Os velhos conversaram pouco, gentilezas de boa vizinhança. Ele a ouviu falar da extração da vesícula e contou-lhe a história do pé cortado. Tudo muito comedido, falavam baixo. E a moça, ali numa cadeira de canto, num rubor contagiante. No final, votos de saúde e passar bem. Lembranças ao vizinho. Na roça, não sobrava tempo para tanta convivência.

No sexto dia da internação, perguntei a Valentina:

— Será que ele volta?

No sétimo dia, ele voltou. Mas não com o pé balançando, como eu tinha imaginado e via em meus sonhos… Voltou sem o pé.

O pai e Geni o tiraram do Fusca sob nossos olhares. Ele se apoiou nas muletas, cabisbaixo, e veio andando com dificuldade pelo terreno.

Ferrucio, que estava ao meu lado, começou a chorar e a repetir "Foi sem querer". Só eu podia ouvi-lo. Correu até o irmão. Os dois se abraçaram. Estevam também chorava, soluçava no buraco onde estaria a orelha esquerda de Ferrucio. Agora faltava um pedaço em cada um.

E mais um pedaço em todos nós.

Por algumas semanas, Estevam e eu trocamos de função. Ele ficava em casa, ajudando Valentina a cuidar de Pedro e fazendo outras coisas de pouco esforço. Não tinha muita agilidade com as muletas, passava bastante tempo sentado. Eu fui para a roça.

Ferrucio e o pai trabalhavam sem falar. Eu não sabia se era assim desde sempre ou apenas depois do acidente. Como estava acostumado a conversar o tempo todo com Valentina, puxava assunto. Ferrucio me dava um pouco de atenção, embora respondesse na medida do necessário, nada mais. E o pai, nada mesmo.

Mas nem Ferrucio me respondia quando eu falava de nosso irmão.

Eu ainda sonhava com o pé de Estevam pendurado. Num dos sonhos, o pé era meu e subi o morro até a lavoura com ele arrastando na terra. Lá em cima, não tinha ninguém.

De noite, à beira do fogão a lenha, Valentina pegava minhas mãos e dizia que estavam se transformando em mãos de homem. Estevam nos olhava e olhava para as suas mãos e as fechava, apertando os dedos até ficarem brancos, sem sangue.

Foi ele quem teve a ideia da prótese.

* * *

É claro que em meados dos anos 1970 já existiam algumas que imitavam perfeitamente um pé, mas para nós eram muito caras. O pai e o marceneiro do distrito resolveram com algo que parecia um cabo de vassoura preso a uma pequena almofada. Estevam experimentou, deu uns passos no pátio, mancando. Tirou a coisa e foi ao galpão serrá-la para ficar do tamanho certo, ou quase.

Ele voltou para a roça e eu à minha vida normal, às aulas. Enquanto copiava as frases que a professora escrevia no quadro, olhava minhas mãos e via os calos desaparecerem.

Quando alguns começaram a sorrir de novo lá em casa, Maria Francesca veio falando em marcar o casamento.

O pai levou-nos, Valentina e eu, ao distrito, para comprar os sapatos que usaríamos no casamento. Eu nunca tinha usado sapato, só chinelo e tênis Bamba. O tênis, no inverno.

Ele só nos compraria os calçados; nossas roupas a própria Geni faria. Não o vestido da noiva, coisa para uma costureira profissional. E o pai não teria coragem de pedir à mais velha e solteira que o fizesse para a mais nova. Seria um desaforo, um desrespeito.

Eu não gostei de calçar o sapato. Era duro, difícil de caminhar. Devia ser o número errado. O pai pediu um maior. Caía do pé. Não havia nada errado com o outro, era apenas um sapato, eu que me acostumasse, ou pelo menos aguentasse pelo bem da festa.

Valentina gostou. Era tão difícil para ela caminhar com aquilo quanto para mim, ou mais — tinha salto alto. Mas Valentina sentiu-se mulher, o que valia a dor.

Ao pôr o sapato, seu primeiro pensamento foi pegar o buquê da noiva quando ela o atirasse para trás. Isso Valentina me contou na volta, em casa. Ela terminou de falar, e apareceu atrás de nós a Geni. Não sabíamos se ela tinha ouvido, mas trocamos de assunto, sem graça.

Todos os preparativos do casamento, aliás, não tiveram muita graça. E nenhuma alegria. Nem para Maria Francesca. Atrás dela, estava a todo momento a sombra de Geni.

O seu próprio vestido Geni só viria a costurar na véspera. Como se tivesse ainda alguma esperança. Ela o fez rapidamente e não mostrou a ninguém.

A festa seria no salão paroquial do distrito. E, exceto Maria Francesca, todos nós queríamos que esse dia demorasse a vir. Uns mais que os outros — Ferrucio e Estevam, por exemplo, preocupavam-se quase só com a roça, mas também pensavam em mulheres.

O salão paroquial do distrito ficava no alto de uma colina, atrás da igreja, tinha as paredes de tijolo sem reboco e nele se faziam os bailes aos sábados. Estevam e Ferrucio iam com frequência. Lá, encontravam os amigos, bebiam, paqueravam... Era uma das poucas diversões possíveis para alguém como eles — como no futuro deveria ser para mim.

Depois que a mãe morreu, não foram por quarenta dias. Depois que Estevam perdeu o pé, Ferrucio também ficou um tempo sem ir. Acho que não só por culpa; ele precisava do irmão, sempre fizeram isso juntos.

Uma tarde, na roça, Estevam interrompeu o silêncio — maior desde o acidente — e disse:

— Vamos no baile sábado.

O pai, que estava ali junto, virou as costas e se afastou, o assunto não era com ele. Ferrucio olhou para o toco de vassoura amarrado na perna do irmão e respondeu:

— Vamos.

Quando Estevam me contou, naquela noite, em nosso quarto, segurava-se para não chorar.

* * *

No domingo, Ferrucio levantou estranho, fechado, passou a manhã sozinho pelos cantos. Comeu pouco no almoço, ele que jamais refugava a sagrada galinha com polenta feita pela Geni — e que antes a mãe fazia — todo santo domingo.

Já Estevam não escondia o riso. O pai lhe perguntou o que era. Ele só disse que se sentia muito bem, que o pé cortado não doía mais, que não tinha mais a coceira nos dedos.

O que houve mesmo, ele só falou para Geni, que contou a Valentina, e ela, para mim: o nome da moça era Ana...*

* O conjunto musical vinha de outro estado. Usavam uniforme: camisa branca de cetim e mangas bufantes, calça e colete azuis. Tocavam Renato e seus Blue Caps, caprichando nas versões dos Beatles, o que intercalavam com marchinhas alemãs e canções românticas italianas com um italiano sofrível.
Estevam fechou os olhos e sentiu que voltava ao passado, não muito, apenas três meses. Mas para ele isso era tudo, a diferença entre uma vida e outra, a diferença entre um pé e um toco de vassoura. Ao entrar no salão, ele e Ferrucio se separaram. Fora de casa, não gostavam de andar fisicamente muito juntos. Não gostavam de ser confundidos (e para os de fora da família a orelha a menos de Ferrucio não fazia diferença, não sabiam em qual dos gêmeos faltava uma orelha).
Então, no baile, eles se separaram, e cada um foi juntar-se a um grupo diferente de amigos. Os de Ferrucio, mais agitados, falavam alto, riam alto e olhavam mais para as moças. Os de Estevam se acomodaram ao redor da copa e ficaram bebendo.
Estevam pensava: para quem não tinha um pé, ficar bebendo e olhando o baile era satisfatório. Chegou a ensaiar uma dança com Maria Francesca em casa — tudo escondido —, mas olhando os outros dançarem no baile achou o seu ensaio ridículo. Melhor tomar cerveja. Mais seguro.
Ferrucio logo reparou na filha do vizinho de terras, a que acompanhara a mãe no hospital nos mesmos dias da internação de Estevam. Ela sentava com outras meninas a uma mesa na beira da pista. Os amigos apostaram que ele não chegava. Ele não podia deixar assim, e foi. A menina tímida, enrubescida, aceitou dançar. Ela dançava com um irmão, mas não parava de olhar para o outro. Sabia quem eles eram, já os vira na igreja e algumas vezes andando no distrito. Lembrava-se

Imaginei o rosto dela. Tinha que ser bonita. Metade da história eu não ouvi, pensando em como seria Ana. Mas bonita como quem? Como Valentina, Maria Francesca? Sempre achei minhas irmãs bonitas, e elas eram. Mas Ana tinha que ser diferente. Eu conhecia aquele rosto imaginário de algum lugar, do distrito ou de uma foto. Quando Maria Francesca ia com o pai ao distrito, ela sempre trazia uma revista. Depois que lesse, era a vez de Valentina, e eu olhava junto. As meninas observavam as roupas e os cabelos nas fotografias, liam sobre a vida dos artistas. Eu prestava atenção nos rostos, tinha muita gente bonita nas revistas. Eu comparava com minhas irmãs. E agora tentava comparar com essa Ana que nunca vi.

Estevam disse que tomou três cervejas para criar coragem de falar com ela. Na primeira, só pensava no pé e em como seria difícil dançar. Pelo menos não estava com o toco de vassoura aparecendo, como todo dia: colocara na ponta uma bucha de pano e enfiara tudo no sapato, bem preso. Na terceira cerveja, tocava uma música lenta e aí nada parecia impedi-lo. A moça na sua frente, tudo era fácil. E ela aceitou dançar com ele e nem deve ter reparado no problema físico.

Mal conversaram e mal se olharam nos olhos. Ela cheirava bem. Fosse perfume ou não, cheirava muito bem, a coisa que mais o marcou.

A certa hora, um dos irmãos de Ana, com uma cara muito

---

do pai deles visitando sua mãe no hospital e contando sobre o acidente, sobre a amputação. Olhava para Estevam na copa, olhava para suas pernas e as via iguais, a calça e o sapato não deixavam saber qual a normal e qual a sem pé. Quando começou a música lenta, ela pediu licença e voltou à mesa. Convidou uma das amigas para ir ao banheiro. Passando pela copa, cumprimentou Estevam gaguejando e perguntando como estavam o senhor seu pai e as irmãs. Mal conseguia encará-lo, mas ultrapassou a timidez. Só Deus sabe como lhe foi difícil. A amiga entrou no banheiro sozinha.

séria, talvez um pouco bêbado, chamou-a para ir embora. O salão ainda estava cheio, mas a moça não discutiu.

Estevam se despediu dela com um olhar, e foi só. Quer dizer, para ele, meio travado, foi bastante, mais do que podia ou deveria esperar.

Catorze dias antes do casamento, apareceu lá em casa o João Wagner.

Chovia. Estávamos todos dentro da cozinha, comendo pinhão em volta de nossa grande mesa de madeira pintada de azul.

Para entrar, o alemão tirou a bota embarrada e calçou um tamanco, acho que de Ferrucio ou do pai. Enquanto ele fazia a troca, vi que tinha os dois pés da meia furados nos dedões. Cutuquei Valentina. Lá em casa ninguém ficava com a meia furada, Geni costumava cerzir assim que visse, como fazia a mãe.

João Wagner cumprimentou a todos com ar de respeito, apertou a mão do pai. Pediu licença, precisava ter uma conversa privada com a noiva.

Saíram. Foram para a área dos tanques.

Eu me sentei junto à janela. Valentina e Geni me olharam sem reprovação. Apenas me acompanharam com o olhar de quem sabe o que está acontecendo e deixa acontecer.

Em pé, Maria Francesca e João Wagner escoravam-se um em cada tanque. De braços cruzados, olhares paralelos, semblantes duros. Ele falava mais do que ela. Falava calmamente e balançando a cabeça. Ela ouvia, cada vez fechava mais a cara.

Na cozinha, o pai mastigava um pinhão atrás do outro. E perguntou a Geni se estava tudo pronto. Ela ergueu as sobrancelhas, sem entender. Ele apontou para fora, "O casamento".

— Da minha parte… — ela respondeu, como quem não se importa com o resto, como quem faz a sua parte já com má vontade.

O pai seguiu comendo, o tom da resposta não o afetara. Geni cuidou das roupas, o resto era com ele: a igreja e a festa. Quanto aos convites, incumbência da noiva.

A noiva que agora olhava para o noivo de frente. Alguma coisa não estava bem. Esforcei-me para ouvir. Tinha a chuva batendo no zinco da área dos tanques, tinha a conversa dentro da cozinha. Ouvi Maria Francesca falar mais alto, com uma entonação talvez de fúria:

— Santa Catarina?

Estávamos salvos, pensei. João Wagner devia ter conseguido algum trabalho e viajaria para Santa Catarina. E se o trabalho era tão bom que justificasse uma viagem para tão longe, não podia ser coisa rápida. O casamento seria adiado.

Que vontade me deu de contar logo aos outros. Mas apesar de ser novo eu tinha noção do quanto era errado fazer fofoca. Para Valentina eu diria depois. Para o pai, impossível, isso me diminuiria como homem.

Maria Francesca vinha entrando em casa, deixando o noivo estacado em frente a um tanque, de braços cruzados — tive pena dele. Ela entrou e passou por nós sem falar.

As outras irmãs a olharam como antes olharam para mim, sem reprovação, e parecia que sem curiosidade. O pai limpou as mãos no pano de prato, sinal de que parava de comer.

Passaram-se uns minutos até João Wagner chegar à porta

para devolver o tamanco. Despediu-se de todos com reverência. Mas dessa vez não apertou a mão do pai.

Maria Francesca demorou uma semana para nos dizer que depois de casada iria morar em Santa Catarina.

A festa de casamento, de nosso lado, foi triste. E pelos de João Wagner, sem empolgação. Fechados demais, ao se emocionarem eles no máximo ficavam mais vermelhos, especialmente nas bochechas e no pescoço.

Quando os noivos dançaram a valsa, o volume da música estava muito baixo. Ouviam-se acima de tudo os sapatos arrastando no assoalho de tabuão e o farfalhar do vestido armado. Que tortura. Acho que não havia ninguém na festa que não pensasse a mesma coisa: por que não escolheram uma valsa mais curta?

As três mesas, montadas em forma de U, ocupavam menos que um terço do salão. A ordem, a tradicional: no centro, os recém-casados; ao lado de cada um, os respectivos pais — sem nossa mãe; depois, o resto das famílias e os convidados. Geni deveria estar ali sentada ao lado do pai, mas inventou que o pequeno Pedro adoecera dos intestinos e ficou em casa.

Nossos vizinhos compareceram. Estevam sentou-se ao lado de Ana. Os pais da moça olhavam para ele. Imagino o quanto se seguraram para não olhar por baixo da mesa.

As horas custavam a passar. Valentina e eu nos entupimos de guaraná, porque éramos crianças e dificilmente havia guaraná lá em casa, só em aniversários.

Nosso pai se entupiu de cerveja, eu nunca o vira assim. Outro que bebeu o suficiente foi o pai de Ana, o bigodão que descia até o queixo estava úmido. Em posições distantes nas mesas, eles dois falaram muito um com o outro. Falavam alto, constrangendo quem se encontrasse no meio. Comentavam sobre as plantações, comentavam o tempo. O tempo não ajudava, concordaram. Meu pai perguntou ao vizinho como estavam as vacas. O homem não respondeu, encheu o copo de cerveja para logo o esvaziar em três goles. Perguntou ao pai se ele matara algum porco recentemente.

Se eu fosse mais esperto, teria inventado uma dor de barriga também.

2. Os enamorados

Eu mexia num grande formigueiro atrás do galpão quando vi o pai chegar no Fusca.

Ele vinha do distrito. Não dei atenção. De vez em quando ele passava a tarde no distrito. Chegava em casa com hálito de cachaça, mas não alterado. Um colono beber cachaça quando fosse ao distrito era normal. Eles negociavam entre si no armazém, quase sempre bebendo e jogando três sete ou canastra.

Perguntei-me se bafo de cachaça mataria formigas... Minha técnica era tapar o buraco do formigueiro remexendo a terra com uma taquara, de longe. As formigas que ficavam de fora enlouqueciam. As que ficavam no interior do formigueiro, eu imaginava. Coisa de criança.

Fiquei entediado e voltei para casa. Lá dentro, uma novidade: o pai trouxera uma carta de Maria Francesca, a primeira desde que fora embora. Eles já a haviam lido e não se falavam. À mesa, o pai tomava um mate e Geni, com seus braços fortes, escolhia feijão. Valentina leu de novo só para mim.

Poderia eu próprio ler a carta, mas Valentina insistiu. Sentávamos os dois na caixa da lenha, eu ouvia as notícias e pensava nas minhas formigas ao mesmo tempo. Maria Francesca não parecia feliz, contava pouco: iam bem de saúde e João Wagner estava para ganhar muito dinheiro se a firma de confecções desse certo.

Que me interessavam a saúde e o dinheiro deles?, pensei. Mas também não sabia o que me interessava. Na minha vida, pouco mudara. Passava menos tempo com Valentina, ela agora lavava a roupa e eu tinha que dedicar mais tempo ao Pedro, apenas isso.

Ensinei algumas palavras a Pedro. Ele aprendia rápido. Demais. Era curioso.

Sentia que *eu* estava perdendo a curiosidade. Fazia cada vez menos perguntas a Valentina. Para as poucas que me vinham à cabeça, imaginava logo que ela não teria uma boa resposta.

Eu estava por mim. Só.

Outro dia, o pai chegou do distrito com uma carta para Estevam. No meio da tarde, os gêmeos ainda não haviam descido da roça. O pai atirou a carta para dentro do quarto que era meu e deles. Caiu na cama de Ferrucio. Eu passei por ali em seguida, vi e fiz a troca.

Noutras épocas eu mostraria a carta para Valentina. Noutras épocas. Dessa vez, fiquei sentado na cama de Estevam, sozinho, olhando o envelope. Era da moça, Ana. Nunca vi Estevam escrevendo. Eles se encontravam escondidos? O pai dela sabia?

Lembrei-me da moça no casamento de Maria Francesca. Menos bonita do que imaginara quando ouvi seu nome, mas era bonita. Tinha sardas, uma pele rosada, o cabelo preto. Olhos verdes, puxando para o transparente. Era bonita, sim.

Eu gostaria de vê-la encontrando-se com Estevam. Um encontro escondido, na divisa das terras...

Olhei o envelope e a caligrafia da moça. Não tinha letra de quem desobedece aos pais. Letra bonita, parecia escrita sobre uma régua. Pude quase enxergar os olhinhos verdes, transparentes, concentrados no escrever.

Ana então era a mulher mais bonita que eu já tinha visto, mais que minhas irmãs. Imaginei-a tirando a roupa na divisa das terras...

Quando os gêmeos voltaram da roça, Estevam se fechou no quarto. Espiei pela fechadura: ele, deitado, olhava para o teto, a carta aberta em cima da barriga. Ficou assim por muito tempo.

Ferrucio passou esse tempo todo cortando lenha, de mau humor. Nunca vi ninguém com tanta energia para cortar lenha. Já escurecera, ele não devia enxergar quase nada, e machadava com mais força.

O pai e o resto da família na cozinha.

Toda vez que ia ao distrito, o pai depois passava a noite calado. E se ele estivesse quieto, nós, os filhos, falávamos pouco, talvez menos que o necessário. Como o pai estava indo mais seguido ao distrito, nós já nos falávamos pouco, mesmo sem ele em casa.

Domingo após o almoço, foram todos sestear. Todos menos Estevam e eu.

Ele não percebeu que o segui. Subiu pelo potreiro em direção à cerca de pedra e, apoiando-se nas pedras, margeou a cerca até a parte do mato, sem nunca olhar para trás.

Eu o seguia impaciente. Queria que ele tivesse os dois pés normais e andasse mais rápido. Sabia o que estava prestes a ver, queria ver o quanto antes.

E no mato ela o esperava, e se beijaram. Um de cada lado da cerca.

Escondi-me perto.

Se o casal se preocupasse mais, teria me percebido. Mas no domingo depois do almoço, hora de sestear, eles sabiam que nas duas famílias eram os únicos acordados. O amor lhes tirava o sono e o medo.

De certa forma, também o amor me tirava o sono e o medo. Amor dos outros, mas amor.

Sentei no chão para me esconder melhor, e sem cuidar sentei num formigueiro. O amor nos cega. Levantei espanando a bunda, mas era tarde, as formigas já entravam pela minha calça. "Ah, porcaria", eu deixei escapar enquanto passava a mão nas virilhas, por dentro da calça. Não adiantava. Eram muitas, e rápidas, e miúdas. Mordendo. Arriei a calça e a cueca em desespero. E quando eu parecia ter vencido e apenas olhava para baixo, a calça e a cueca nas canelas, ouvi as folhas secas no chão se quebrando.

Era Estevam, na minha frente — Ana continuava do outro lado da cerca, ela não me via.

Estevam não falou nada. Eu não falei nada. Nem era preciso. Ele tinha um segredo, e eu uma vergonha. A partir dali, um devia ao outro. Ele me deu as costas e voltou à moça dizendo que o barulho era só uma raposa, ela havia se prendido numa armadilha.

Sim. Sobre a armadilha, ele estava certo.

Essa "aliança" com Estevam redefiniu as coisas dentro de mim. Agora eu tinha algo a esconder, o que fazia me sentir um pouco adulto. Não segui mais Estevam morro acima nas tardes de domingo, mas me considerava um terceiro naquele namoro. Isso redefiniu também minha relação com Valentina: era a primeira vez que não compartilhava com ela algo importante.

Numa tarde, ela acabara de lavar a roupa e veio ficar junto comigo embaixo da laranjeira. Trouxemos o chiqueirinho de Pedro e o deixamos ali perto, tomando sol. Valentina mexeu com o pequeno, ficou quieta por alguns instantes, comentou que o pai andava indo demais ao distrito. Perguntou-me:

— Será que ele virou um bêbado?

Pedro imediatamente repetiu:

— Bê-ba-do.

Não tínhamos como seguir no assunto. Ele entenderia. A sensação foi de que ele entenderia ainda que *nós* não entendêssemos bem. Calamo-nos.

Eu me dei conta de que o pai já não levava nenhum filho com ele. E que Maria Francesca não estava mais conosco, não vinham mais do distrito as revistas de mulheres bonitas. O mundo havia encolhido. Eu me dei conta disso e o céu ficou nublado.

Valentina devia pensar o mesmo. Frequentemente pensávamos o mesmo, o que nos fazia rir. Mas naquela hora um não perguntou o que o outro pensava. Não teria graça.

— Bê-ba-do.

Precisávamos ensinar outra palavra a Pedro antes que o pai voltasse para casa.

A professora fazia um ditado para os da minha série: "casa", "bolo", "gato", "mesa". Era uma senhorinha de não mais que trinta anos, que usava óculos só para ler, os quais mantinha pendurados no pescoço por um cordão que imitava pequenas pérolas.

A turma de Valentina fazia contas. Ela sentava algumas classes atrás de mim. Segurava o lápis com força, os dedos ficavam sem sangue de tanta força. Mordia os lábios, fazendo contas. Valentina era inteligente para tudo, menos matemática.

Eu a olhava e pensava como seria quando chegasse a minha vez.

De repente, a reguada no meu caderno.

O susto me deixou lento, virei-me aos poucos, esperando outra. A régua de madeira apontava para meu caderno, e os olhos da professora para mim. Ela não precisou falar mais que isto:

— Antônio.

Eu perdera uma ou duas palavras do ditado. A sala inteira me olhava. Certamente corei, na minha idade menos que isso já bastaria para me humilhar perante os outros. Não quis me virar, mas sabia que Valentina também me olhava.

— "Mãe" — a professora disse, com a régua ainda em meu caderno.

Foi o meu castigo, ela sabia que a minha estava...

A merendeira tocou a sineta: hora do recreio.

Tinha bolo de milho. O de Geni era melhor. E o da mãe, melhor que o de Geni — mas eu não tinha certeza, não sabia se realmente me lembrava dele ou era a mania de comparar tudo como antes e depois.

Não fui jogar bola com os guris. Fiquei sentado com Valentina no banco do pátio. Os dois comíamos o bolo e não estávamos para conversa. Apenas comíamos, olhando os outros brincar. Achei que ela fosse esquecer.

— Por que tu não prestou atenção? — perguntou.

Eu sabia que não tinha nada a ver com a minha falta. Ela reclamava do castigo, da palavra que a professora escolheu para me castigar.

Não lhe disse que na hora eu olhava para ela, para os seus dedos sem sangue, para a sua cara de dificuldade. Não podia deixá-la numa posição frágil. Ela ainda era o meu apoio, quem me garantia que, apesar de tudo, nós éramos uma família.

A merendeira chegou na nossa frente:

— Antônio, a professora quer falar contigo.

Eu fui lá dentro.

Voltei:

— Vou ter que ficar de tarde. Ela vai fazer um ditado só pra mim.

Valentina se engasgou com o bolo. Tossiu. Limpou a boca e ia falar-me, xingar-me, mas não conseguiu. Deu um tapa no banco, ficou vermelha de fúria e os olhos mostravam a preocupação: mesmo que depois eu levasse uma dura do pai, ela é que teria que chegar em casa explicando o que aconteceu, por que não voltei junto. Ela, responsável por mim, seria culpada.

Valentina tinha só doze anos, também era uma criança.

De tarde, enquanto a professora testava meu sono, ditando palavras curtas e parecidas num tom de quem não estava com menos sono, começou a chover. Ambos olhamos para a janela, suspiramos o infortúnio e continuamos o trabalho.

Voltei para casa maldizendo a vida. A estrada, um lamaçal. Aborrecia-me o que fiz a Valentina. Tinha vontade de dar uma surra em mim mesmo. "Burrice", "vergonha", "arrependimento", "sujeira", palavras muito grandes e complicadas para escrever na primeira série.

A estrada, cheia de buracos. Lá pelas tantas, meu tênis ficou preso no barro, saiu do pé. Mais adiante, passou um Corcel verde e me cobriu daquela água marrom.

Eram quatro e meia da tarde, e lavei os pés no tanque antes de entrar na cozinha.

— Todo embarrado! — disse Geni, colocando as mãos na cabeça.

E o pai veio. Já me esperava com o cinto na mão ou o tirou tão rápido que nem deu para perceber? Não havia mais ninguém na cozinha a não ser ele e Geni, graças a Deus.

Ele veio. E como era forte. Bateu especialmente nas pernas. Ardência. Ele não falava nada, só batia. Vergonha. O cinto era fino, quase um chicote. Eu não me defendi, fiquei em pé, sentindo a dor e a vergonha, até que uma açoitada pegou atrás do joelho e por reflexo eu caí.

Ele parou de bater, abaixou-se e me falou alguma coisa. O que ele disse, eu não lembro. Lembro-me do bafo de cachaça.

Como eu era muito novo e estava com muita raiva do mundo e de mim, naquele dia não vi o que vejo agora: se tive que ficar na escola para o castigo, a professora também teve. Ela deixou de passar a tarde em casa, com o filho. E quando ela ditou "mãe" depois da reguada, de manhã, talvez não fosse por maldade.

Maria Francesca deu a escrever com mais frequência. Sua vida em Santa Catarina era bastante monótona. Enquanto João Wagner trabalhava na confecção, ela cuidava da casa. Mas a casa, pequena, e eles ainda sem filhos, não havia muito do que cuidar.

As cartas começaram a se repetir, ficaram também monótonas. Não se juntava mais a família na cozinha para ouvir as leituras de Geni. E ela nem sequer as comentava conosco.

No início, o pai ditava as respostas. Depois, Geni passou a respondê-las sozinha. Nem sabíamos o que ela contava de nós. Que Estevam foi à casa de Ana visitá-la?* Que Pedro falava cada vez mais palavras?** Que o pai falava cada vez menos?

* — E o teu pai? — o velho perguntou com interesse mas sem amizade.
— Mais ou menos.
Não tinham mandado Estevam sentar. Tampouco lhe ofereceram o mate. A mãe de Ana, ao contrário do velho, mal o olhava.
— Ana já vem — ela disse.
De ficar parado, o toco de perna começava a doer, o encaixe da prótese estava gasto. Mas ele não se mexia para se ajeitar, não queria expor o desconforto.

Eu sonhei que Maria Francesca fora raptada. Ela escrevia as cartas nua na torre de um castelo de onde não podia sair. João Wagner trabalhava na confecção, no meio de tecidos vermelhos, amarelos, verdes, azuis, pretos, muito pano preto. Ele tinha uma grande chave atada ao cinto. Ele prendia nossa irmã na torre para ela não voltar e não nos pedir desculpas. Ela foi à janela e amarrou a carta no rabo de um lagarto. O bicho a traria para nós. "É assim que ela consegue nos mandar as cartas sem que João Wagner saiba." Acordei-me com a sensação de ter resolvido um mistério. Deu vontade de contar para Valentina, não o sonho, mas a descoberta.

Lá em casa nós costumávamos matar os lagartos que vía-

— E a tua irmã casada, como vai? — o velho continuou.
— Ela foi pra Santa Catarina...
— Eu sei.
Ana chegou.
Os velhos estavam no sofá de dois lugares. A moça e o rapaz sentaram-se nas cadeiras, uma de cada lado do sofá. Os silêncios eram longos e as falas, curtas. Basicamente o velho perguntava e Estevam respondia. A moça prestava-lhes atenção. E a mãe fazia crochê, parecia incomodada.
O pai de Ana voltou à carga:
— Tu consegue trabalhar com esse pé falso?
Estevam ficou vermelho, o pomo de adão inquieto. Respondeu num solavanco:
— Sim, senhor.
— Hum... — O velho coçou o bigode e o queixo. Abaixou-se, pegou a térmica do chão e completou a cuia. Tinha uma respiração barulhenta, como se estivesse sempre furioso com algo. Fixou os olhos no moço: — Eu não tenho visto o teu pai no distrito...
— Irineu! — a mãe de Ana disse, com as agulhas suspensas no ar.
Estevam olhou para Ana. Voltou a sentir a coceira no pé ausente.
** O menino começou a falar com as pessoas e não apenas repetir palavras. Falava cada dia mais, falava muito, quase sempre. Com Antônio, com Valentina, Geni, sozinho. Andava ao redor da casa, por tudo, brincando com as galinhas, catando coisas do chão e provando-as. Mais que um menino curioso, ele era alegre.

mos, sem por quê. Tirando Pedro, eu me lembrava de todos os outros matando pelo menos um lagarto: Valentina com uma pedra, Ferrucio numa enxadada, Estevam jogou um na parede, o pai esmagou com o pneu do Fusca, dando ré. Esse do pai não contava, foi sem querer. Uma vez, cortei a cabeça de um lagarto com o facão. Decapitado, ele agitou as perninhas por uns segundos, parou de se mexer, eu o joguei no formigueiro. Éramos uma legítima família de matadores de lagartos.

Sei que Maria Francesca podia sair de sua casa e voltar para nós quando quisesse. Não a receberíamos com pedras, enxadas e facões, mesmo que ela voltasse rastejando.

Geni voltou a sorrir, o que não fazia desde o anúncio do casamento de Maria Francesca. Quanto ao pai, seus raros instantes de bom humor eram com Pedro em volta, correndo e falando incansável.
Antônio percebeu que ele tinha um amigo imaginário, como toda criança tem. Antônio riu. Contou a Valentina, ela achou engraçado. Uma tarde, o menino estava conversando com esse amigo atrás da laranjeira, e os dois foram espiar. Ele falava com a mãe.

Chovia fazia quatro dias. Eu estava triste. Chovia fazia quatro dias, e a falta de sol me escurecia por dentro.

Na escola, no quadro-negro repartido ao meio, matemática para a turma de Valentina, lição de caligrafia para a minha. Se pudesse, ela trocava comigo. Para mim, seria indiferente, não sabia o que significavam aqueles números e estava cinza por dentro.

A professora foi falar com Valentina. Eu não as ouvia, elas cochichavam. No final, a professora fez que sim balançando a cabeça e voltou para o quadro-negro. Apagou tudo e disse que a aula tinha terminado, antes da sineta.

Fomos saindo e, quando eu passava pela mesa da professora, ela me segurou pelo braço:

— Antônio, tu queres almoçar lá em casa e brincar com o meu filho de tarde?

Ela tinha a mão quente. Olhei para Valentina, aflito. A professora continuou:

— Já falei com ela.

Era isso que as duas cochichavam.

— Ela vai avisar na tua casa. Tenho certeza que teu pai não será contra.

Meu pai. Por que ele seria contra? Eu não fizera nada de errado. E se Valentina concordou, era suficiente. Ela que cuidava de mim e teria que se encarregar de Pedro na minha falta. Se Valentina deixou, eu iria. Se desse sorte, chegaria em casa antes do pai, de tardinha.

A professora morava no distrito, num antigo sobrado de alvenaria, branco. Ela me levou para os fundos, onde encontramos seu filho, que recém chegara da aula — ele estudava na cidade.

O menino era um pouco mais velho, já fizera nove anos. Embora a chuva estivesse parando, ele parecia triste como eu e se chamava Artur.

Mais velho, porém menor, uns dez centímetros mais baixo. Ainda assim, desde o primeiro olhar ele deixou clara sua ascendência. Não discordei. Senti que estava tudo certo ali.

— Eu trouxe o Antônio para brincar contigo — sua mãe disse, ela me segurava pelos ombros.

— Oi, Antônio. Eu estou montando uma arapuca.

— Oi.

A professora foi para dentro de casa aprontar o almoço e nós montamos a arapuca. De isca, botamos meia laranja.

A chuva parou de vez, abriu o sol, e naquela tarde pegamos um sabiá.

O pai dele, taxista, trabalhava na cidade, não no distrito. Não havia nenhum táxi no distrito. O pai dele passava o dia inteiro na cidade.

— E o teu pai, o que ele faz?

— É colono. Nós somos colonos.

Artur sabia que os alunos de sua mãe eram filhos de colonos, ela sempre deu aula na escola rural. Mas a pergunta sobre meu pai não me pareceu falsa. O que me soou estranho foi minha resposta: "Somos colonos" colocava logo uma diferença entre nós, que podíamos ser dois meninos iguais.

Ele se parecia muito com a mãe, até no fazer biquinho com os lábios ao terminar as frases. No primeiro dia, tive a sensação de falar com ela. Isso não chegou a ser desagradável, acho que não. No entanto, era como se ele fosse me dar um castigo se eu fizesse algo errado, repreender-me a qualquer hora.

— O que a gente faz com o sabiá? — ele perguntou.

Eu tinha que ter a resposta certa.

— Não sei.

Artur falou sem olhar o sabiá, só para mim:

— Ele não pode ficar aí.

O sabiá se debatia na arapuca, exasperado. Eu precisava dar uma resposta aos dois.

A professora nos chamou para comer bolo de cenoura.

Na cozinha — que era maior que a nossa, tinha azulejos nas paredes e mesa de fórmica —, depois que ela saiu e nos deixou comendo o lanche da tarde, deu-me vontade de perguntar a Artur se ele já havia se imaginado aluno da própria mãe.

Ele apertava os farelos no prato até virarem uma pasta laranja e grudarem nos dedos, e os comia. Quando acabou, seu prato estava limpo como saíra do armário. E não repetiu o bolo — em minha família, ninguém comia somente uma fatia.

Não fiz a minha pergunta. Fiquei imaginando como seria se *eu* fosse filho da professora. Dela, a mãe de Artur, não da minha, que nunca foi professora e tinha morrido.

Ele não perguntou nada sobre minha mãe, decerto por recomendação.

Fiquei com vergonha dos farelos no meu prato.

Mais uma diferença.

Sempre que Estevam se encontrava com o pai de Ana, quando a visitava em sua casa, ele sentia o toco da canela raspando na prótese, sentia a calça social atrapalhando-lhe os movimentos, a gola da camisa engomada assando-lhe o pescoço e essas coisas que no mundo não precisavam ser mas eram. As roupas e os deveres polidos, eles talvez não tivessem relação com o pai de Ana, mas aquele homem, sempre inflexível, dava uma face e um nome a tudo isso.

A mãe da moça não representava nada.

— Entra, Estevam. Ana já vem — ela atendia à porta, com seus modos neutros e seu cabelo meio grisalho preso em coque, e dizia essas palavras toda quarta-feira.

Toda quarta-feira Estevam se vestia em nosso quarto — às vezes com Ferrucio observando-o, sem falar nada —, olhava-se no espelho do guarda-roupa e sorria lembrando os domingos de tarde, na beira da cerca de pedra, no mato.

— Boa noite — ele dizia ao pai de Ana, que não se levantava do sofá para cumprimentá-lo, que não largava a cuia do mate como um sinal para o jovem não se incomodar em lhe estender a mão.

Ferrucio chegava-se à janela do quarto e via o irmão saindo rumo à estrada, com dificuldade. Às vezes, eu também via Estevam saindo, eu tinha vontade de ir junto. Para mim, os domingos de tarde não eram suficientes.

— Como vai o teu irmão? — perguntou o pai da moça.

Estevam não gostou do interesse.

— É verdade que ele não tem uma orelha?

— Sim, a esquerda.

O velho fez roncar a bomba do mate, cofiou o bigode e falou olhando para a cuia:

— Na roça, ninguém precisa das duas orelhas… Não é?

Artur gostava muito de TV e sempre assistia à *Sessão da Tarde*. Mas não quando eu estava lá. O aparelho nem era ligado quando eu estava lá.

— Tu já viste *O maior espetáculo da Terra*? — ele me perguntou na minha terceira visita.

— O que é isso?

— Um filme.

Estávamos na sala da casa dele, ajoelhados sobre o tapete e montando o Forte Apache, retirávamos os índios e mocinhos da caixa.

Eu continuei a separar os bonecos:

— Lá em casa, a gente só tem rádio.

Estávamos a um metro e meio do televisor. Eu me virava para olhar de vez em quando: ele parecia tão grande, com botões misteriosos para mim e a tela abaulada que nos refletia.

— É um circo, mas não é engraçado — Artur disse.

— O quê?

— O filme.

Geni e Maria Francesca já tinham ido ao cinema. O pai as levou quando eu era muito pequeno. Maria Francesca me contava do filme de mocinhos matando índios.

Ao circo, eu mesmo fui, duas vezes. Na primeira, ri dos palhaços, impressionei-me com o tamanho do elefante, os leões me assustaram, tive medo que o trapezista caísse. Quase tudo como tinha que ser. Quase, porque não gostei da pipoca. A segunda foi melhor: teve o globo da morte. Eu queria ver o motoqueiro caindo. Não que ele se machucasse. Ou queria que ele se machucasse, mas não podia admitir, era feio demais. Saí não sabendo o que eu queria, com uma gana de voltar.

Não entendi Artur, não entendi como um filme poderia fazer um circo não ter graça.

Acabamos de montar o Forte Apache no tapete. Os soldados e os índios em posição.

— E agora? — ele perguntou.

Artur nunca brincara com outra criança.

Na área dos tanques, enquanto lavava roupa, Valentina me perguntava coisas sobre a casa deles.

Eu não gostava de falar disso. Ainda não compreendia por que a professora me levara para brincar com o filho. Embora costumasse brincar sozinho, azucrinando as formigas ou matando passarinhos de bodoque, eu não pensava em solidão. Não queria falar com Valentina, não sabia o que realmente estava acontecendo.

Ela esfregava as calças encardidas dos gêmeos. Insistiu:

— Eles têm fogão a gás?

— Não vi.

Tinham, sim. Artur e eu comíamos o lanche na cozinha. A professora tirava os bolos do forno, fossem novos ou da véspera, porque ela guardava os bolos no forno. Um dia ela até fritou pastel.

Eu imaginava nossa mãe na frente de um fogão a gás e achava estranho.

— E a televisão?

Eu ia mentir que já assistira, mas ouvimos uns gritos da cozinha. Era a voz do pai, era a voz de Ferrucio, e parecia que Geni se metia também. A porta se abriu de soco, e Ferrucio foi cuspido de dentro, veio cambaleando para a área onde estávamos. O pai saiu de mau jeito e escorregou nos degraus de madeira, não caiu, olhou-nos bufando antes de vir na direção de Ferrucio.

Nós recuamos até o pátio, andando de costas, sem perder nada de vista.

Ferrucio tinha parado na frente dos tanques. Apoiava-se em um deles, sua respiração era ofegante. O pai o agarrou pela nuca e forçou sua cabeça contra a tábua do tanque. Gritava:

— Tu nunca mais diz aquilo.

— Vão para dentro — ordenou-nos Geni, que de repente apareceu e nos empurrava.

Valentina e eu fomos obedecendo, fomos andando aos trancos conforme Geni nos empurrava e repetia "Para dentro, andem".

Eu não conseguia não olhar: Ferrucio não reagia — um homem grande, maior que o pai, mas não reagia por respeito. O pai continuava segurando-o pela nuca e apertava o rosto dele contra a tábua:

— Não fala mais aquilo!

— Não fala o quê? — eu perguntei a Geni, agora olhando para a frente, para não tropeçar nos degraus. Ela fechou a porta da cozinha atrás de nós. E ficou do lado de fora.

Valentina e eu nos olhamos, olhamos para a janela, mas não saímos do lugar. Por respeito. Ouvimos o arranque do motor do Fusca. Ouvimos o choro de Ferrucio. Vinha dos tanques. Era um homem grande e chorava que ouvíamos com a porta e a janela fechadas.

Geni entrou na cozinha e foi direto ao balcão da pia. Começou a cortar tomates. Falou, sem se virar para nós:

— Valentina, termina a roupa. Depois os dois vão lavar os pés e vêm pra dentro.

Quando voltamos para os tanques, Ferrucio não estava mais lá.*

* Não foi apenas por vergonha da surra ou por ter chorado. Ultimamente, Ferrucio sumia. Talvez nenhum dos outros tivesse percebido. Ele se embrenhava no mato com uma espingarda e matava passarinhos. Matava muitos e os carregava num saco atado à cintura enquanto continuava a caçada. Antes de voltar, enterrava-os todos juntos em uma cova rasa, cobria com folhas.

Conheci o pai de Artur. Ele ficara em casa naquela tarde, estava gripado. Não almoçou conosco na cozinha, a mãe de Artur levou-lhe uma canja de galinha na cama. Eu o vi quando veio trazer seu prato. De pijama, careca, um homem normal. Olhou para mim, sorrindo:

— Antônio, não vou te apertar a mão pra não te passar esta gripe. — Espirrou duas vezes e foi para o quarto.

O táxi dele era um Fusca branco. Fazia semanas que não chovia e as portas salpicavam-se de barro.

— Ele não tem tempo para lavar — Artur disse.

Entramos. Artur no volante, eu no carona. Pela primeira vez, eu via um taxímetro. Lembrou-me a caixa registradora do armazém — bem menor e sem o monte de botões, mas tinha algo a ver. Tinha um quê de máquina. Em cima, uma placa vermelha dizia: LIVRE.

— Vamos aonde? — Artur pegava no volante, com os braços abertos.

— Não sei.

— A gente pode ir aonde quiser. — Ele começou a girar o volante e a se balançar no banco: — Já pegamos a estrada.

De perfil, Artur ficava menos parecido com a mãe. Procurei pelos traços do pai, agora que o conhecia. Talvez o nariz, talvez o queixo pontudo. Ele me olhou rapidamente, não podia tirar o olho da estrada.

Comecei a me balançar também. Perguntei:

— O teu pai bebe?

— Por quê?

Eu não disse nada. Balançava-me. Nós nos balançávamos como numa estrada cheia de buracos. As molas dos bancos rangiam. Artur fez uma curva abrupta para a esquerda. Eu me inclinei e me segurei no painel, sem querer liguei o limpador do para-brisa. Levamos um susto. Nós dois, ao mesmo tempo, tentamos desligar a coisa, atrapalhados. E rimos muito. Ele parou de rir antes de mim e disse:

— Eu acho ele normal. — Falou de um jeito calmo, não precisou pensar, só falou o que sentia.

Recostei-me no banco, olhei para fora: a tarde ficou nublada. Olhei para o painel do carro, para o taxímetro...

— Quer ver ele dormindo? — Artur me perguntou.

— Quê?

— Ele não fecha a janela. Não gosta de dormir no escuro. Diz que se sente num caixão.

O pai de Artur não fechava nem as cortinas. Ficamos na ponta dos pés olhando pela janela. Deitado de barriga para cima, ele roncava. Tinha um penico embaixo da cama, branco, igual aos nossos. Tinha um rosário de madeira na parede atrás da cama, igual ao do quarto dos meus pais. Do meu pai.

— Viu — Artur pôs a mão no meu ombro para se apoiar —, ele é um homem normal.

Sim, ele era.

Voltamos a pousar os pés no chão. Artur continuava com a mão em meu ombro:

— Agora me mostra o teu pai.

O armazém era na principal rua do distrito. Enorme, verde-escuro, de madeira — quando a gente é criança, tudo é grande. Embaixo, um porão de pedra, onde ficava o depósito. Para entrar no armazém, tinha uma escada de quatro degraus. Na fachada, placas da Pepsi e da Brahma.

Como eu não queria que meu pai nos visse, fui com Artur espiar pelas frestas de uma parede lateral. Cada um em uma fresta diferente.

Vi quatro homens ao redor de uma mesa jogando baralho. Um tomava cerveja; os outros, cachaça. O pai de Ana era um deles. A última vez que eu o tinha visto foi no casamento de Maria Francesca. Agora o bigode parecia mais curto, não ia até o queixo, mas ainda figurava um bigodão. Ele ria muito alto. Era o único que ria, decerto ganhando o jogo. Abria tanto a boca que dava para ver de longe o brilho de um dente de ouro.

— Só enxergo o velhinho dono do armazém — disse Artur.

— Espera aí.

Troquei de fresta. E meu pai estava lá.

Sentava em um banco alto, no canto do balcão. Um martelinho vazio na sua frente. A cara apagada, olhava na direção da mesa onde os outros jogavam. Sem ele pedir — ou pedira antes e eu não vi —, o dono do armazém, um velho de boina, encheu seu martelinho. A cachaça era da branca.

Chamei Artur para a minha fresta:

— É aquele ali.

— O sentado no balcão?

— Sim.

Artur se demorou olhando para o meu pai.

Eu só ouvia as gargalhadas do pai de Ana.

Acordei com os sabiás cantando. Os gêmeos não estavam no quarto. De joelhos na cama, abri a janela, pus a cabeça para fora, inspirei fundo. Chovera de madrugada, o cheiro da terra úmida me deixava em paz.

Na cozinha, ao fogão, Valentina cuidava da leiteira para a fervura não transbordar. Geni arrumava a mesa, estendendo nossa velha toalha plastificada com estampa de frutas e legumes. A gente não era de se dizer bom-dia.

Indo para os tanques lavar o rosto e escovar os dentes, passei pelos gêmeos, que já o tinham feito e já vestiam as roupas velhas de lidar na lavoura.

A água era gelada, água do poço.

Ouvi risos da cozinha. De Ferrucio e Estevam, dava para reconhecer. Bom ouvir os dois rindo juntos, fazia tempo que isso não acontecia.

Lavei o rosto e as orelhas e voltei, querendo participar.

Geni saíra da cozinha. Os gêmeos continuavam rindo. Valentina me olhou.

— Que foi? — eu lhe perguntei, sorrindo.

Ela falou baixo:

— Geni arrumou um lugar a mais na mesa.

Eu não sei se parei de sorrir porque não tinha graça ou porque chegou nosso pai.

Ferrucio o viu e também se fechou.

— Ah não! — disse Valentina: o leite havia transbordado.

Estevam não percebia nada e era o único a continuar rindo naquela casa.

Até o pai sentar-se à mesa, na cabeceira, ao lado dele.

Dois irmãos, por volta de dezoito e vinte anos, altos, possantes, lutavam em um galpão. O pai deles assistia, escorado na porta, divertindo-se e fumando. Ele usava um chapéu de palha, a camisa tinha uma roda de suor em cada axila e ele usava suspensórios. Foi um soco bem dado, e o irmão mais novo caiu sobre os sacos de adubo. Pôs a mão nos lábios e viu que sangrava. O mais velho, com os punhos erguidos, saltitava como um pugilista. Antes de se levantar, o mais novo pegou a pá que estava ao lado dos sacos de adubo. O mais velho recuou. O pai sorriu e tragou o cigarro. Os dois irmãos dançavam, a pá rodopiando no ar. O mais velho caiu com a testa aberta, o pai jogou o cigarro no chão e entrou no celeiro, o irmão mais novo correu.

— E depois? — eu perguntei.

— Depois ele vai ser julgado — Artur falou olhando-me seriamente nos olhos. — Mas não vai ser preso. Aparece um tio, irmão da mãe dele, e diz que é dono de uma fábrica e que atrás da fábrica tem um quartinho e que ele pode trabalhar e morar lá.

— Ele não presta — disse o pai ao juiz. — Isso não vai dar

certo. Ele nunca prestou, podia ter matado o irmão. Não é a primeira vez que me dá problema. É um bêbado.

— Veja quem fala — disse o tio.

Todos sentados ao redor de uma grande mesa oval, o juiz olhou para o promotor, que deu de ombros.

— Mas ele terá que vir toda semana falar com a psicóloga — o juiz arrematou.

A psicóloga estava ali, quieta, observando o jovem e escrevendo em um caderno.

— Ela é bonita? — eu perguntei, afobado.

— Ela é linda.

Imaginei as moças das revistas. Depois Maria Francesca, Geni e, por fim, Ana.

— Linda... — eu repeti.

Minha mãe e a professora não cabiam na roupa da psicóloga. Minha mãe era meio gorda e a professora fazia biquinho ao terminar as frases.

Artur fazia biquinho igual.

O tio do jovem com problemas fabricava um remédio para tudo. De calvície a reumatismo. E dava para beber como se fosse uísque. O tal quarto onde o jovem dormiria ficava no depósito. Não era um quarto de verdade, e sim uma cama e um gaveteiro num canto do depósito, rodeado de caixas do remédio para tudo. O jovem largou sua mala sobre a cama, e subiu uma poeira. Ele espirrou. Olhou para o tio. O velho ria de satisfação, fumava um charuto:

— Fique à vontade, meu filho, você está em casa. E isto aqui... — disse cutucando uma das caixas na prateleira — é tudo bem contado, garrafa por garrafa. Não vá se perder.

O jovem o olhava sem falar. Quando o tio foi embora, retirou da mala uma calça, três camisas, três livros de capa dura, surrados, e uma Bíblia. Guardou as roupas no gaveteiro e os livros sobre ele.

— O jantar está pronto — gritou sua prima. Ela estava na escada que descia do apartamento para o depósito.

— Essa também é bonita? — interrompi Artur.

— Claro.

Comeram na pequena mesa da cozinha. Bolo de carne, milho cozido e batatas. O tio comia fazendo barulho como um porco. Veio um choro de bebê da peça ao lado.

— Faz essa criança parar de chorar — disse o tio, de boca cheia.

A prima bonita saiu da mesa.

— O marido dela foi pra guerra — continuou o tio, de boca cheia. — Foi nos proteger dos malditos nazistas e não tivemos mais notícia dele. — Tinha um grão de milho grudado no queixo enquanto falava e raspava a espiga com os dentes. — Um patriota — falou tossindo. Voou milho pela mesa.

A prima voltou. Ela e o jovem se olharam, sem jeito.

— Essa criança não pode ficar sem pai — disse o tio antes de arrotar.

Eu estava jogando futebol com os guris no recreio. Não havia um campo de verdade ou uma quadra. No pátio, nos fundos da escola, tijolos empilhados marcavam o espaço das goleiras.

Naquele dia, Valentina nos assistia. Sentada num banco, escorada na parede, sozinha.

Eu me considerava um bom jogador. Errava muitos chutes. Não sabia o que os outros pensavam de mim. Talvez nada. Talvez cada um estivesse ali se considerando um bom jogador, e era isso.

Valentina tinha duas ou três amigas, mas nunca me pareceram íntimas.

Às vezes, alguns de nós nem sabiam direito em que time atuavam. O recreio durava meia hora, os primeiros quinze minutos gastos com a merenda, não podíamos perder tempo nos organizando demais.

Percebi que, sem mim, Valentina era solitária. E agora eu me afastava cada vez mais.

No jogo, nem sequer nos dividíamos por idade. Da primeira

à quarta série, assim como a sala de aula, a partida era uma só. Perguntei-me se algum dia Artur teria jogado futebol, se na escola dele haveria uma quadra de cimento.

Tocou a sineta para reiniciar a aula, e nós, os guris, suados, fomos à torneira da caixa-d'água lavar o rosto e molhar o cabelo, em fila. Quando passei pelo banco, Valentina continuava sentada, continuava olhando para o nosso campinho de futebol. Não havia ninguém lá. Eu quis falar com ela, mas os guris me empurraram, o grupo ainda na algazarra, fui no atropelo até a sala de aula.

Sentei, a aula começou, Valentina não veio. Eu copiava o que a professora escrevia no quadro, olhava para a porta, copiava mais um pouco, olhava para trás, para a classe de Valentina, vazia.

A professora se abaixou e perguntou no meu ouvido:

— Onde está a tua irmã?

— Acho que nos fundos, no banco.

Ela saiu. Eu fiquei, angustiado. Ela estava demorando para voltar. Eu pensando em ir também. Todo mundo acabou de copiar a lição do quadro. Eu preocupado com Valentina. A professora não voltava, e começou a bagunça, primeiro com os mais velhos. Eu me decidi a sair... Na porta encontrei a professora:

— Antônio, amanhã tu copias a matéria de alguém. Agora vá com a Valentina pra casa.

Ela me esperava lá fora. Olhos vermelhos e cara inchada. No caminho de volta me explicou tudo...

Enquanto eu corria atrás de uma bola encardida, considerando-me bom jogador sem acertar nenhum chute, minha irmã deixou de ser criança.

Geni contou a novidade a Maria Francesca em uma carta. Ela nos mostrou antes de entregá-la ao pai.* Valentina sorriu por não saber como reagir. O tom era alegre. Geni via naquilo uma boa notícia. Eu achei exagerado. Parecia ter nascido uma criança na casa. Parecia que a família conquistara algo.

Mais para o fim da carta, Geni confundiu os nomes, no lugar de Valentina escreveu Maria Francesca. Não a corrigimos. Ela estava cansada por carregar tamanha responsabilidade em relação à casa e aos irmãos mais novos, era visto.

Dali a duas semanas, veio a resposta.**

*As cartas eram deixadas no armazém do distrito. O ônibus de linha as levava para a cidade, o correio as levava para Santa Catarina, e Maria Francesca esperava o carteiro todos os dias. Ele deveria passar em frente a sua casa pelas dez da manhã. Ela dava uma pausa no trabalho do lar e sentava-se na soleira da porta, olhando fixo para a caixinha da correspondência. O moço nem sempre passava e, quando passava, nem sempre parava.

** O correio trazia as cartas de Santa Catarina para a cidade. O ônibus, da cidade para o armazém do distrito. O pai de Antônio as levava para casa e

— O que será que a Maria Francesca disse? — Valentina perguntou sem me olhar. Ela cuidava de Pedro, de longe, ele correndo atrás das galinhas.

Sentado no chão, embaixo da laranjeira, eu contava as bolitas:

— Não sei. Vamos ler a carta.

— Será que Geni guarda as cartas? — Valentina se virou para mim. Tentando segurar a ansiedade, coitada.

— Pergunta pra ela.

— Não. — E voltou a olhar para Pedro.

Ele não corria mais. Parara no portão do galinheiro, falando com alguém lá dentro. Com seu amigo imaginário.

E eu sabia quem era.

Contei vinte e três bolas de gude. Gostava das cores e daqueles filetes brancos no meio das cores — no azul-claro pareciam nuvens. Tinha uma preta que nunca levava para a escola, medo de perdê-la. Era das grandes, um bolão, cravejada de pontos brancos como o céu de noite. Os pontos brancos de tamanhos diferentes e mais concentrados aqui, menos ali, como o céu, igualzinho.

Senti-me responsável, eu precisava encontrar a carta para mostrar a Valentina. Impossível que Geni depois de ler jogasse fora. Ela só limpava a casa, fazia a comida, e no dia seguinte limpava a casa de novo e nos fazia a comida. Ela não tinha nenhuma bolita, tinha o quê?

---

entregava a Geni, que as lia sozinha e depois guardava numa caixa de sapato dentro de seu guarda-roupa. Os outros da família já não perguntavam nada sobre a vida de Maria Francesca. Se houvesse alguma coisa nova, Geni contava. Raramente havia.

Na casa de Artur, o porão era alto o suficiente para nós; os adultos tinham que entrar abaixados. Não dava para chamar de janelas aqueles buracos na parede. Eram retangulares, do tamanho de dois ou três tijolos, e com grades. O da frente ficava na altura da calçada, víamos os pés das pessoas, no máximo as canelas. O dos fundos dava para o varal.

A professora pendurava uma toalha de mesa, cantarolando. Eu não conhecia a música. Na escola, ela sempre usava saias, ali vestia uma calça jeans — lá em casa, minhas irmãs só usavam saias. Bateu um vento na toalha, contra a professora. Ela se virou mas não saiu do lugar. Deixou a toalha acariciá-la. Estava de olhos fechados.

— Que foi que a tua irmã de Santa Catarina disse?

Artur sentava num caixote de madeira enquanto eu espiava a mãe dele. Cortava tiras de borracha de uma câmara de pneu para fazer um bodoque novo. Seu canivete, o pai lhe trouxe da cidade. O cabo, vermelho, tinha o emblema do Inter. Eu não era colorado, mas desejei um canivete daqueles.

— O que ela disse?

Que mora em uma cidade muito bonita, embora não saia de casa. Que o marido é um bom homem, embora trabalhe muito e ela o veja pouco. Que eles estão ganhando dinheiro e não têm no que gastar, nem tempo. Que sua casa é muito bonita, embora ela não tenha vontade de sair do quarto a não ser para esperar o carteiro. Que sente saudade, muita saudade, mas sabe que vive assim porque escolheu sair de casa, deixar a família e construir outra, embora não se sinta construindo nada.

— Sobre Valentina? Ela não falou no assunto. — Foi só o que eu respondi a Artur.

— Artur, Antônio — a mãe dele nos chamava.

Artur, agora aparando a forquilha do bodoque, fechou seu canivete, pegou no meu braço e me fez um sinal para ficar quieto.

Eu espiava. A professora andou por todo o pátio:

— Artur.

— Ela vai pensar que a gente saiu pra rua. — E ele abriu o canivete e continuou aparando a forquilha.

Quando a professora voltava a casa, vi que tinha um prato nas mãos. Coberto por um guardanapo de pano, eu não sabia o que era. Estava com fome.

— Ano passado gostei de uma guria da minha série — ele falou sem me olhar, com o canivete raspando a forquilha.

Eu imaginava o que a mãe dele trazia naquele prato — bolo, bolacha, pastéis — e pensava nas gurias lá da minha escola rural, todas feias, menos Valentina.

A professora andava no assoalho sobre nossa cabeça. Tentei sentir algum cheiro, mas não deu: havia um chão entre nós, um guardanapo de pano tapando o que fosse, e Artur falando:

— Sabrina.

— O quê?

Era o nome da menina.

Eles tinham oito anos. Sabrina já usava óculos. Um problema sério: óculos fundo de garrafa. Artur entendia que a espessura das lentes servia para corrigir algo muito grave, só não entendia por que tinham de ser verdes. Sabrina fora sua colega desde o jardim de infância, desde lá usava óculos. Graças à menina, Artur compreendeu muito cedo que as pessoas podem ter problemas muito cedo. Ele mesmo logo teria um. Na terceira série, eles se viram frente a frente no bebedouro num fim de recreio. Sabrina tirou os óculos para tomar água e, antes de recolocá-los, olhou para Artur. Seus olhos eram verdes meio acastanhados. E Artur perdeu a sede. Passou meses se aproximando. Ela talvez não percebesse. Ele ficava atrás dela na fila da entrada, esbarrava com ela no bebedouro, pedia-lhe coisas emprestadas. Entretanto, não falava o que sentia. Emagreceu, teve febres, insônia, perdeu três dentes. Ele sabia o que era paixão. Via nos filmes, nas novelas da TV, em tudo a que assistia desde pequeno. Mas não tinha como explicar esse saber precoce à menina, a sua mãe, muito menos ao pai.

Sei que ele escolheu bem as palavras para me explicar. E conseguiu. Eu o entendi como podia.

Perdi a fome.

Foi num domingo.

Nosso pai estava sorridente no almoço. Enfim um sorriso, em meses. Estava até falante.* Quem sabe por isso pairava uma alegria à mesa. Todos sorriam. Menos eu, que desconfiei.

Os gêmeos foram ao baile na noite anterior, no distrito. Estevam acordou cedo e passou a manhã na cozinha com Geni. Ela preparava a refeição e ele contava tudo. Foi um baile diferente, sem conjunto, só gravações. O pai de Ana consentiu que a menina fosse, mas, como sempre, desde que acompanhada pelos irmãos. Como eles se distraíram paquerando, Estevam e Ana passaram a noite a sós. Dançaram as músicas lentas, o que a prótese dele permitia.** Estevam contou detalhes a Geni, que

* Elogiou a comida de Geni, o que nunca fizera. Comentou sobre os negócios com os gêmeos, o que proibia na hora das refeições. Fez um carinho em Pedro, que sentava a sua direita. Olhou para Antônio.

** Ferrucio não dançou com ninguém. Bebeu com os amigos e voltou para casa bem mais tarde, já havia sol. Acordou tarde e foi para o mato, de espingarda nas costas. Não trouxe nada. Agora era outro sorrindo à mesa.

ouvia tudo, mas se concentrava em destrinchar a galinha. Tinha as mãos ensebadas e às vezes murmurava.

À mesa do almoço, Valentina ainda calçava o tamanco que usara para colher os ovos no galinheiro. Era a que menos falava e também parecia alegre. Pedro comia polenta e repetia: "Polenta". Ele começava a segurar a colher com as mãos. Fazia algum lambuzo e os outros riam disso. Éramos uma família, eu me senti culpado e um pouco triste por não compartilhar.

Na segunda-feira de tarde, Artur não acreditou quando lhe contei, concordou com a estranheza que senti. Quis espiar meu pai de novo. Não gostei da ideia.

— Pra quê? — perguntei.

— Vamos lá no armazém — ele insistiu.

— Eu não quero.

— Ninguém vai nos ver.

— Mas eu não quero.

— Te mostro o meu pai outra vez. Ele sesteando. Também dá na fechadura do banheiro.

A professora não gostava que Artur andasse na rua sozinho, ele era bem avisado. Saímos escondidos, como no outro dia, pisando de leve para ela não nos ouvir. Ao passarmos pela sala, vi nosso reflexo na tela abaulada do televisor. Se fosse num filme, seríamos dois fugitivos.

Três da tarde, sol forte, as ruas do distrito vazias. Andávamos em silêncio e olhando para os lados.

— Por aqui — ele disse.

Entramos no pátio de uma casa velha, parecia abandonada. A madeira da porta era comida ao rés do chão, as janelas não tinham nenhum vidro inteiro.

Artur parou junto a um poço, nos fundos:

— Aqui mora um velho de mais de cem anos...

"A mulher dele morreu faz tempo, os filhos foram embora e nunca vêm, dizem que ninguém entra na casa, nem empregada. Um dia meu pai entrou e me disse que lá dentro é tudo mofado, que o assoalho é cheio de cupim e onde se pisa afunda. Mas não sei o que meu pai foi fazer lá dentro."

— Teu pai é taxista. Vai ver trouxe o velho da cidade.

— Não sei.

O terreno descia até a rua de trás, a rua do armazém. No meio tinha um potreiro sem vacas, crescera mato por tudo. E no fim, na parte baixa, um taquaral.

Conforme nos aproximávamos, ouvimos risadas. Artur se abaixou e pegou uma pedra do chão. Só aí reparei que ele trazia o bodoque no bolso da bermuda. Usava uma bermuda de escoteiro. Eu usava um calção mais curto, aquele mato me dava coceira nas pernas.

Saíram do taquaral dois guris maiores que nós. Um deles, bem maior. Eles eram morenos, as camisas abertas mostravam peitos já com alguns pelos, e estavam descalços. Eles riam. Eu não os conhecia.

— Quem são?

Artur não me respondeu. Seguimos andando.

Saiu do taquaral um terceiro guri, semelhante aos outros. Sério. Na altura, ele ficava entre os dois.

Artur começou a andar mais devagar. Eu continuei ao seu lado. Ele tirou alguma coisa do bolso de trás da bermuda e encostou sua mão na minha. Pareceu que ia pegar na minha mão.

Os guris riram alto. Inclusive o terceiro.

Artur estava me entregando seu canivete. Comecei a suar frio. Olhei para meu amigo, ele tinha a testa encharcada de suor. Era uma tarde quente.

— O Arturzinho arranjou um amiguinho — disse o guri que aparecera por último.

Os outros não riam mais. O maior disse:

— E a tua mãe, tá boa?

Artur parou, encarando os guris. Vi que ele tremia. Todos ficaram sérios. O maior deu um passo em nossa direção. Eu mostrei o canivete, já aberto. E não tremia. Ele recuou.

Eles eram bem maiores que eu, mas sem canivetes. Torci para que viessem para cima de mim. Eu não tinha coragem e nem por que avançar, porém torci para me darem a chance de usar o canivete. Ele tinha um emblema do Inter e eu não era colorado e me senti bem, senti-me forte. Talvez fosse ilusão minha e eles me massacrassem, eram três e eram maiores. Mas na hora eu só pensava que tinha um canivete na mão. Lembrava-me dos lagartos.

Artur e eu fomos saindo devagar, meio de lado, pegamos uma trilha entre as taquaras. Os guris, imóveis, olhando-nos, nem um pio.

Quando chegamos à rua do armazém, minhas pernas se afrouxaram e me apoiei em Artur para não cair.

Nós dois na parede do armazém, espiando pelas frestas. E se alguém nos flagrasse, depois do que fui capaz de fazer no taquaral, eu não sentiria vergonha.

Vi sacos de farinha empilhados no chão, salames e réstias de cebola pendurados no teto, vidros de conservas numa prateleira e quatro colonos jogando baralho à mesa perto da janela. O homem que eu via de costas, achei que fosse o pai de Ana. Estava quieto. Talvez perdesse no três sete.

A menina atrás do balcão devia ser a filha do proprietário. Ela sentava em um banco alto e escrevia num caderno, canhota, a cabeça quase deitada sobre o balcão. Eu não enxergava seu rosto. Perto dela, um rádio a válvulas tocava Teixeirinha, "Coração de luto"...

Artur não me chamou para ver nada pela sua fresta nem perguntou o que eu podia enxergar.

Meu pai não estava lá.

O pai de Ana sempre estava em casa nas quartas-feiras, quando Estevam ia visitá-la. Com a cuia na mão, sentado no sofá da sala, o ar de quem espera o visitante, mas não o tem como bem-vindo.*

Meu irmão fazia o trajeto entre nossa casa e a deles a pé. Não era longe, pouco mais do que ele andava todo dia para subir à roça, e bem mais plano. Mas no mínimo saía ao entardecer, chegando à casa da namorada de noite. O perigo era tropeçar numa pedra ou pisar com o pé falso num buraco. Ele se cuidava, andava devagar. Andava devagar também para não chegar suado. E tentava sair da estrada quando vinha um carro, para não ficar tapado de poeira, o que às vezes não conseguia. A todo esse

* O pai de Ana era um homem calado. Falava pouco até em casa. A família se forjou no silêncio, e o jeito se transmitiu aos filhos, Ana e seus dois irmãos mais velhos. Mas não era um sujeito introvertido: quando se manifestava, fazia-o com veemência e de um modo agressivo: ria alto, falava alto, criticava os outros sem perdão. Depois voltava à sua quietude.

trabalho, somava-se a consciência de estar rumando para onde não seria bem-vindo.

Como se encontravam escondidos aos domingos, Ana e ele já conversavam assuntos mais íntimos. Tornava-se difícil falar de coisas triviais na frente dos pais dela nas quartas-feiras. Difícil mas necessário: o pai de Ana sorvia o mate calado e a mãe fazia crochê da mesma forma. O silêncio era crescente e pesado, e lembrava a Estevam, a todo instante, o quanto ele não devia sentir-se bem-vindo.

Num desses dias, Estevam chegou à casa de Ana e o pai da moça ainda não voltara do distrito. A mãe o recebeu com um sorriso. Estevam desconfiou, mas se sentiu bem. Pensou que algo tinha mudado.

Sentaram-se nos lugares de sempre, e a senhora, em vez de lidar com seu crochê, fez perguntas ao pretenso genro. Sobre suas irmãs mais velhas, sobre seu irmão mais novo, sobre o outro gêmeo. Só não perguntou de seu pai. Estevam soltou-se, relaxou, passou o cansaço da caminhada. A futura sogra lhe ofereceu um mate.

Quando o pai de Ana chegou, ele estava tomando o mate. O velho não se prestou a cumprimentá-lo. Postou-se a sua frente. Estevam se levantou, disse boa-noite. O velho não retribuiu. Tinha bafo de cachaça. Estevam não sabia o que fazer. Não podia sentar-se de novo, não pensava em mais nada que falar. Estendeu a mão com a cuia. O velho disse:

— Aqui em casa não tem visitas quando eu não estou.

O pé ausente agora doía como nunca. Como se o velho estivesse pisando nele com toda força, com todo seu peso, toda sua raiva.

Geni andava esquecendo coisas e fazendo pequenas confusões. Quem melhor percebia éramos Valentina e eu, que ficávamos em casa. Mais de uma vez, ela deixou de responder a cartas de Maria Francesca — e se chateava quando vinha a próxima reclamando. Andava queimando o arroz. Trocava objetos de lugar. Trocava nomes, chamava-me de Pedro, Valentina de Maria Francesca, trocava os gêmeos — eles a corrigiam, meio irritados. Ela emagreceu, bastante. Ficou parecida com nossa mãe nas fotos de solteira. Eu sentia medo. Quanto mais parecida com a mãe ela ficava, mais eu sentia medo de ela estar se perdendo. Queria dizer a ela "Geni, come". Algumas vezes, eu destroquei as coisas de lugar, segui minha irmã pela casa tentando restituir a normalidade ao nosso mundo. Mas isso era só uma parte do problema: eu não tinha como apagar o que ela dizia, refazer a comida que ela estragava, não era um pesadelo do qual eu poderia acordar e dizer a mim mesmo que minha irmã mais velha não estava se perdendo, que a outra não havia casado e ido para longe de nós, que Estevam não havia perdido um pé, que nosso pai nos amava e nossa mãe não tinha morrido.

* * *

O pai, na cabeceira da mesa, fazia contas num caderno surrado, com um lápis de ponta grossa, vermelho. Ele fazia isso quando fechava negócios no armazém.

Na outra cabeceira, eu azeitava o revólver, um 38 de cano longo, velho, que nunca era usado, e eu limpava todas as semanas. Gostava mais de lidar com as espingardas, sonhava com o dia em que me deixariam caçar com elas — eu teria a mira de Ferrucio, e além de caçar, mataria lagartos.

Geni lavava a louça.

O pai falou "Merda". Geni e eu olhamos para ele. A ponta do lápis havia se quebrado.* Quando eu apertava demais o lápis na escola, era sinal de nervosismo. Mas o pai nunca ficava nervoso. Brabo, sim; irado, sim; colérico, por vezes. Mas nervoso, nunca.

— Me alcança uma faca — ele disse a Geni.

Ela abriu a gaveta dos talheres, abriu demais, a gaveta saiu inteira, caiu no chão, pesada, foi um estrondo, e garfos e facas e colheres espalhando-se pelo chão.

* Ninguém sabe como começou. Quando se viu, estavam o pai de Antônio e o pai de Ana do lado de fora do armazém. O tom de voz era crescente. Os outros demoraram a entender que se tratava de uma sanga na divisa entre as duas propriedades. Ao que parecia, ambos reivindicavam a posse de uma pequena barragem. Ou o pai de Antônio reclamava que a barragem não permitia à água chegar ao fim de sua plantação. O de Ana disse:
— Ela é minha.
— Antigamente a cerca era mais pra lá, ficava tudo do meu lado — retrucou o de Antônio.
— Eu não sei dessa cerca.
— Tu não sabe de muita coisa, ou te faz.
— Vamos lá resolver isso. Vamos ver o que é de quem.
O pai de Antônio bufava:
— Se tu quiser a gente resolve aqui mesmo. Se tu tiver coragem.
Foi nesta hora que os outros colonos se meteram.

— *Cramento!* Mas o que tu tem, criatura? — o pai gritou.

Geni sentou-se numa cadeira, ou melhor, desabou numa cadeira. Olhava para o esparramo no chão como se algo mais fosse acontecer.

O pai seguiu gritando:

— Te mexe, recolhe esta merda!

Geni agora olhava para ele, que então falou baixo:

— Tu não conseguiu sair daqui antes da outra. Pelo menos faz o resto direito.

O que o pai disse a Geni, eu não contei nem a Artur nem a Valentina. Não sei se ao guardar esse segredo estava protegendo minha irmã, meu pai ou simplesmente protegendo-me. Na época, eu não tinha condição de responder, mas protegia nós todos, a família toda, de ouvirmos a verdade em voz alta. No meu raciocínio infantil, o que não fosse dito não seria sentido, assim estaria a um passo do esquecimento e, portanto, à beira da inexistência.

Na manhã seguinte: o pai foi para o distrito; Ferrucio ficou em casa culpando uma dor de cabeça que o rachava no meio; Estevam subiu sozinho para a roça. Raramente o pai ia ao distrito pela manhã; Ferrucio reclamava de dores de cabeça nos últimos tempos; Estevam não se importava de trabalhar sozinho — pensava o tempo todo na namorada, mal dava atenção aos outros nas poucas vezes em que lhe dirigiam a palavra. O pai não voltou para o almoço; Ferrucio não saiu da cama para almoçar; à mesa, éramos apenas minhas irmãs, Estevam e eu — um clima agradável.

De tarde, eu estava na minha atividade habitual e prazerosa de infernizar as formigas enquanto cuidava de Pedro, e ele na sua diversão preferida, correr as galinhas. De repente, uma sombra cobriu meu formigueiro: era Ferrucio, com uma espingarda na mão:

— Vamos caçar, nós dois.

Demorei um pouco a perguntar:

— Mas e a tua dor de cabeça?

Ele sorriu:

— É só dar uns tiros que passa.

Sem dizer nada, eu me levantei num pulo e corri até Valentina. Ela pendurava roupa no varal. Ela nos ouvira, sabia que eu vinha lhe pedir para cuidar de Pedro, nem precisei abrir a boca. Assentiu balançando a cabeça. Mas seu olhar, apreensivo, era para Ferrucio.

Enfiamo-nos no mato mais fechado, entre nossa casa e as terras da família de Ana. Ferrucio ia na frente, abria caminho, desfazia as teias de aranha com o cano da espingarda. Ao entrarmos no mato, ele fizera um gesto para eu ficar em silêncio, mas aqui e ali eu soltava um "ai" por tropeçar numa raiz ou me espetar num galho pontudo. Andamos bastante e não se via nenhum passarinho, eu me perguntava se eles se esconderam porque sentiram nossa presença. Ferrucio não olhava para trás, confiava que eu pudesse andar na mesma velocidade que ele, e eu conseguia, com esforço — jamais pediria que ele fosse devagar, era uma caçada, coisa de homens, eu agiria como um homem. Era também a primeira vez que Ferrucio e eu fazíamos algo juntos. Um pintassilgo... Ele estava sozinho, num galho não muito alto, gorjeava como um bem-te-vi. Como eu não via nenhum outro por perto, pensei que ele cantava para nós e não entendi por que imitar um bem-te-vi. De qualquer maneira, Ferrucio já engatilhara a espingarda, e o bicho na mira, não lhe fazia diferença se fosse um pintassilgo, um bem-te-vi ou um elefante. Ele queria matar. Eu olhava para a espingarda e olhava para o passarinho, cantando. Olhava para o rosto crispado de meu irmão, com o olho direito fechado e o esquerdo estático na mira. Quando Ferrucio saía para caçar, dava para ouvir os tiros lá de casa, ele atirava muito e voltava sem nada nas mãos. Se Ferrucio era ruim de tiro, o pintassilgo imitador de bem-te-vi escaparia dessa. Prendi a respiração como se eu próprio fosse atirar, meu coração disparou como se eu próprio fosse levar o tiro. Ferrucio demorava a puxar o gatilho. Eu já ficando com falta de ar e o coração prestes a explodir, comecei a pensar "Mata, mata". Nisso, ele baixa a arma, olha-me e sussurra "Quem sabe tu". Eu não sabia o que fazer — o pintassilgo sempre lá. Queria aceitar, *tinha* que aceitar, mas travei. Lembrei-me de Artur e do Forte Apache, dos índios caindo mortos a cada disparo nosso, pensei na coragem que eu tive para atirar em índios de brinquedo e não tinha para atirar num passarinho. Não sentia pena do bicho — estava acostumado a matar formigas e lagartos —, sentia medo de errar, de desapontar meu irmão, de voltar para casa derrotado. Arrependi-me de ter aceitado o convite. E Ferrucio, com a arma estendida para mim. Eu limpava essa espingarda toda semana e agora ela parecia um objeto estranho, um *ser* estranho. Parecia maior, enorme, gigantesca. Preferia que fosse o 38, ele na minha cintura, um duelo, o saque rápido, o pintassilgo morto. Peguei a espingarda. "Vai ser o que tiver que ser", pensei, e acomodei-a no ombro, olho direito fechado, olho esquerdo na mira. Para me equilibrar, dei um passo adiante e... "plec", um graveto quebrou-se... E o pintassilgo voou.

Voltamos para casa de mãos vazias. Mas eu não estava tão triste, afinal não errei o tiro. Ainda podia me imaginar duelando com passarinhos, com o calibre 38, rápido, certeiro, implacável.

Voltamos para casa, e a notícia nos esperava: nosso pai matara o pai de Ana no armazém do distrito.

Com o calibre 38.

3. Nosso pai matou o vizinho

Valentina e eu ficamos três dias sem ir à escola. No quarto dia, Geni nos acordou com a pergunta que não conseguimos responder: por que não estávamos indo para a escola?

Tomamos o café da manhã e saímos. Fomos quietos na estrada. Cada um remoendo muitas dúvidas mas sem as comentar, sabendo que o outro também as tinha.

Sem combinação ou comentários, quando passávamos pela porteira da família de Ana, paramos. Havia cerração, a casa não se enxergava da estrada, ainda assim eu fiquei de pescoço espichado e a boca aberta, esperando não sabia o quê. Valentina me puxou pelo braço e seguimos.

Um pouco além, a entrada dos Cargnelutti. As duas meninas mais novas eram colegas de Valentina. Elas eram loiras, uma com o nariz muito grande e a outra com as orelhas muito grandes. Às vezes, nos encontrávamos na ida para a escola e íamos juntos. Às vezes, voltávamos juntos. Agora elas estavam pegando a estrada, viram-nos, apressaram o passo.

Minha irmã e eu nem nos olhamos. Nós mesmos evitando-nos. Se Geni estivesse lá, teria sua resposta.

* * *

Na escola, a professora nos abraçou. Valentina começou a chorar. Fiquei constrangido e com um pouco de raiva dela porque os outros nos observavam. Todos eles.

Durante a aula, eram o som do giz no quadro-negro e a voz da professora, só, como se no mais fosse uma sala vazia. Eu baixei a cabeça e copiava a matéria sem olhar para ninguém. Copiava sem prestar atenção. Temia o recreio, sentia pena de Valentina, pensava no que Geni estaria fazendo àquela hora, se ela já havia escrito para Maria Francesca, lembrei que tinha que pedir o caderno de um colega para copiar as aulas perdidas. E me dei conta de que estava escrevendo sem deixar páginas em branco para as aulas perdidas. Que bagunça, meu caderno ficaria todo errado. Mas pensei melhor e percebi que, mesmo deixando as páginas em branco, talvez não acertasse na quantidade, no fim sobrassem páginas em branco ou, pior ainda, faltassem. Meu caderno ficaria errado de qualquer modo. Já estava. Sem volta.

O recreio...

Valentina foi direto para o banheiro e não saiu de lá.

Eu hesitei entre jogar futebol com os guris ou ficar sentado no banco nos fundos da escola. Poderia também me esconder no banheiro como Valentina, esconder-me no mato, correr para nossa casa. Poderia me esconder na barra da saia da professora, ela era mãe de Artur, ela me levou para sua casa e fez bolo de cenoura para mim, ela me protegeria? Não sei, ela era mãe de Artur, não minha.

Mas os outros decidiram por mim: cercaram-me:

— É verdade que teu pai acertou na cara do outro?

— Ele vai ficar muito tempo na cadeia?

— Ele vai ser enforcado?

Eu não sabia de nada.

— Tu já atirou com o 38?

Nunca, mas sempre tive vontade.

— Traz o revólver aqui pra gente ver.

Não dá, a polícia ficou com ele.

— A gente pode ir lá ver o teu pai?

Não sei, acho que não. Não sei nem se eu posso ir. Não sei de nada, eu só quero sair daqui sem responder a nenhuma pergunta de vocês. Eu devia ter me escondido no banheiro com minha irmã. Eu quero abraçar minha irmã. Seria bom também se Artur estivesse aqui.

Não tínhamos acabado de almoçar, Estevam e Ferrucio ainda comiam, e ouvimos o som de um carro chegando. Saímos todos da casa. Era uma Brasília branca.

Um homem desceu do carro com uma pasta de couro debaixo do braço. Um homem cabeçudo, bigodudo, usava óculos Ray-Ban. Estava sozinho. Sem tirar os óculos, ele vagarosamente olhou ao redor, olhou-nos, disse com uma voz fina:

— Bom dia. — Em seguida, levou a mão fechada à boca, pigarreou e se corrigiu: — Boa tarde.

Demorou até que um de nós, Geni, respondesse "Boa tarde" — os gêmeos terminavam de mastigar. Nada indicava, mas me bateu um medo súbito de que fosse um assalto.

— Eu sou advogado — pigarreou de novo. — Dr. Ernildo Ventura — pausa —, muito prazer.

Largou a pasta de couro sobre o capô da Brasília e começou a remexer dentro dela. Tirou um maço de cigarros e seguiu remexendo. Baixou os óculos escuros para a ponta do nariz e olhava para dentro da pasta. Virou-se para nós:

— Vocês têm fogo?

Ferrucio correu até a cozinha e voltou com uma caixa de fósforos. Entregou ao homem. Ele agradeceu, acendeu um cigarro, tragou, soltou a fumaça pelas narinas.

— Eu vou direto ao ponto. Não consegui falar com o pai de vocês, ele não fala com ninguém, parece que nasceu mudo. Mas precisa de um advogado. Todo mundo precisa... — Foi interrompido por um acesso de tosse.

Depois, explicou-nos a situação do pai. Eu não entendi metade das palavras, só a parte mais simples: ele ficaria preso até um julgamento, era considerado um sujeito perigoso — nesse momento Estevam se foi para dentro, logo ouvi as folhas da janela de nosso quarto batendo como um trovão.

O homem falava demais, incansável. Meus irmãos estavam atentos, magnetizados... Eu me imaginei com Artur espiando pelas frestas da parede do armazém. Imaginei meu pai e o pai de Ana jogando canastra, só os dois, não havia mais nenhum colono no armazém. No balcão, a filha do dono fazia o dever de casa num caderno, e finalmente eu via seu rosto. Ela era bonita, mais do que Ana, mais do que minhas irmãs. Ela era como as moças das revistas, mas menina.

Artur me perguntou:

— O que dá pra ver daí?

— Meu pai jogando canastra.

— Mais nada?

— Nada...

Geni disse:

— Nós não temos dinheiro, não isso tudo que o senhor está pedindo. Ainda não fizemos a colheita.

O advogado baixou os óculos para a ponta do nariz de novo, coçou uma sobrancelha, vasculhou com um olhar morto o pátio inteiro.

Entre nós da família, silêncio. E eu acompanhava o olhar do homem, tentava adivinhar o que lhe passava na cabeça. Detive-me no meu formigueiro, fazia dias que não brincava com as formigas.

Ele foi embora levando na Brasília branca três galinhas, dois leitões, um cesto cheio de couve, um saco de estopa cheio de mandioca, outro de milho e o nosso tacho de fazer polenta. Só não levou mais porque não caberia no carro.

Dali em diante, teríamos que fazer polenta numa panela. O que não seria um problema: a família estava menor.

No primeiro sábado, Geni foi visitar o pai. Levou junto Valentina. A penitenciária era na cidade vizinha. Geni acordou muito cedo e deixou o almoço pronto para mim e os gêmeos, elas duas não retornariam a tempo. Eu as vi saindo de casa, tive a sensação de que trariam o pai de volta, de que a história do assassinato acabava ali.*

Ferrucio pegou a espingarda e entrou no mato. Não me convidou. Achei que, depois do maldito pintassilgo, ele não me convidaria outra vez, nunca mais.

Estevam não saiu da cama. Eu sabia que ele acordara, estava de barriga para cima e Estevam não dormia de barriga para cima.**

* Para Estevam, a história do assassinato recém começava. O enterro do pai de Ana fora de manhã. No fim da tarde, ele tentou visitá-la. A mãe de Ana fechou o postigo ao vê-lo. Ele insistiu gritando repetidamente o nome da namorada. De dentro da casa, não vinha som nenhum. Ele seguiu batendo até que, por baixo da porta, escorregou um bilhete: "Vai embora". A letra era da moça.

** Olhos abertos e fixos no teto, mas sem enxergar o teto, Estevam não pensava

Pedro ainda dormia.

Então a casa era minha, e o pátio e os bichos e a laranjeira, tudo meu. Estranhei. Mas isso talvez não se repetisse, eu tinha que aproveitar. Andei sem rumo, em círculos, um bom tempo. Pensei em correr as galinhas, ou remexer no formigueiro, ou subir numa árvore e ficar sem fazer nada. Àquelas alturas, não fazer nada já não parecia uma decisão, eu estava a esmo.

Ouvi os disparos no mato, vários. A janela de nosso quarto se abriu, duas batidas secas como dois tiros. As galinhas se assustaram, correndo para todo lado, desorganizadas. Pedro chorou — melhor dizer que Pedro acordou berrando.

Meu reinado se acabava.

Geni e Valentina desceram na estação rodoviária sem saber para que lado ir. Foram as únicas a descer do ônibus — que ainda passaria em mais cinco cidades até seu destino final. Havia pouca gente esperando para embarcar. O cobrador e o motorista também desceram, acenderam cigarros e ficaram olhando para os futuros passageiros, que olhavam para minhas irmãs como se elas fossem de outro planeta. Ninguém dizia uma palavra.

Geni cutucou Valentina e falou ao seu ouvido:

— Vai lá dentro e pergunta onde fica a penitenciária.

---

em Ana, ele pensava no pai, e se perguntava se o pai odiava todos os filhos e especialmente ele, se era por causa do pé cortado ou do namoro com a filha do vizinho. Tentava lembrar-se do pai de sua infância, mas não conseguia: na memória turva, ele se via desde sempre com um pé só, órfão de mãe, confundia-se com Ferrucio... Sem fechar os olhos, as imagens começaram a vir como em sonho: dançando com Ana no bailão, Ana beijando-o na roça, os dois escondidos, ela deixando-se despir, a pele rosada, os mamilos vermelhos... Levantou-se de súbito, equilibrando-se foi abrir a janela do quarto, com ódio, com violência. Calçou a prótese e, sem nem lavar o rosto, saiu de casa e subiu o morro, onde ficou até o fim do dia.

Valentina era um pouco tímida normalmente, perguntar qualquer coisa a uma pessoa estranha já seria difícil para ela. Geni não fez por mal, mas foi cruel.

Atrás do balcão da rodoviária, apenas um atendente. Um rapaz de menos de vinte anos, usando óculos grosseiros e despenteado. Acompanhou Valentina com um olhar indiscreto desde que ela cruzara a porta. Ela não teve certeza se ele estava sorrindo. Ela não se aproximou do balcão, parou a uns dois metros, demorou a dizer:

— Bom dia.

E o rapaz demorou a dizer:

— O que era pra ti?

Estavam somente os dois no interior da rodoviária. O lugar não era grande. O atendente perscrutava minha irmã dos pés à cabeça e de volta aos pés. Ele não tinha vergonha, sentia-se em casa.

— Onde tem uma farmácia? — ela perguntou, sem olhar nos olhos dele.

— Não sei se a farmácia abre de sábado.

Valentina baixou a cabeça:

— E o presídio?

— O quê?

Ela suspirou e o encarou:

— Pode me dizer onde fica o presídio?

Ele tinha ouvido antes, é claro que tinha ouvido.

No saguão de uma rodoviária suja, numa manhã de sábado nublada, diante de um rapaz tosco e sem futuro, minha irmã de doze anos entendeu que aquilo nos acompanharia pelo resto da vida.

O presídio era perto. Elas foram a pé. Enfrentar ainda um taxista seria vergonha demais em tão pouco tempo.

Valentina me disse que o pai era outra pessoa. Barbeado e cheirando a sabão, falava com serenidade, olhava para elas duas com ternura. Disse que o tratavam bem, que elas não se preocupassem, e pediu para falar a sós com Geni.

Jamais saberíamos o que eles conversaram. Geni morreu dali a vinte e três anos sem nos contar.

Botões era um palhaço do maior circo do mundo. E palhaço em tempo integral: mesmo quando não estava trabalhando, quando usava roupas normais, não tirava o chapéu, a maquiagem e o nariz vermelho nunca. Prestativo e amável, todos gostavam dele e o respeitavam, todos o viam como um amigo. Mas Botões tinha um segredo.

O circo passava por várias cidades, grandes e pequenas, repetia o percurso ano após ano. Sempre lotado, fazia a alegria de crianças, adultos e velhinhos. Tinha artistas de toda espécie e muitos bichos: leões, tigres, elefantes, girafas, macacos e até cachorros palhaços e cachorros malabaristas. Para levar tudo isso país afora, vinte e oito vagões de trem.

Botões, de vez em quando, saía do picadeiro e fazia graça no meio da plateia, fazia mágicas para os adultos e dava balões e pirulitos para as crianças. Uma sensação. Em uma pequena cidade do Sul, ele se aproximou de uma velha senhora e lhe deu um buquê de flores que brotara do seu chapéu. A senhora sorriu, depois fez uma cara de preocupada e disse:

— Você tem que tomar cuidado. Andam me fazendo perguntas...

— Não se preocupe, está tudo bem — ele disse.

— Eu te amo, filho.

— Também te amo. — E voltando em direção ao picadeiro, ele atirou um beijo para a senhora: — Até ano que vem, mãe.

— Por que ele não visitava a mãe na casa dela depois da apresentação? — eu perguntei a Artur.

— Por causa do segredo.

Estávamos no porão. Artur parou olhando pela janelinha que dava para a rua. Esperei um tempo até perceber que ele não continuaria a história se eu não o lembrasse que estava me contando uma história.

— E então?

— O quê? — Artur não tirava os olhos da janelinha.

— Qual era o segredo de Botões?

Artur demorou a responder, sempre olhando pela janelinha:

— Uma vez eu disse "Eu te amo" para Sabrina.

Aquelas conversas sobre a menina me deixavam desconfortável. Todo garoto quer ser homem logo, mas, quando surgia esse assunto, eu sentia o universo adulto invadindo o meu — isso era violento. Imaginei que Sabrina sentisse o mesmo.

— O que ela falou?

— Ela olhou para os lados, acho que estava com vergonha e queria ver se ninguém tinha me ouvido, e perguntou se tinha que me dar uma resposta.

Artur não soube responder, nunca vira uma reação dessas nos filmes.

Botões havia matado a própria esposa. Ele a amava. Matou por amor. Era palhaço para se esconder.

Num só dia tivemos duas surpresas.

Maria Francesca veio de Santa Catarina sem avisar — veio sozinha. Quando Valentina e eu chegamos da aula, ela arrumava a mesa para o almoço. Corremos a abraçá-la os dois ao mesmo tempo. Ela nos apertou forte e chorava.

Meses de separação, e estávamos todos os irmãos à mesa. A conversa era pouca e entrecortada, não se falava do pai — Geni devia ter posto Maria Francesca a par de tudo antes de chegarmos em casa.

Estevam perguntou a Maria Francesca se ela e João Wagner planejavam ter filhos.

— Ainda não — ela disse.*

Ferrucio não lhe perguntou nada.

Geni quis saber da confecção de "João Wilson".

— João Wagner — Valentina corrigiu.

* Mentiu. Eles ainda não estavam nervosos, tentavam havia pouco tempo. Ainda tentariam por mais três anos antes de desistir.

Um instante de silêncio antes de Maria Francesca falar.

Ela foi breve, deu a entender que não sabia detalhes da fábrica, mas sabia que ia bem. Em casa não faltava nada, até viviam com algum luxo.

Mais um minuto de silêncio, e Ferrucio começou a contar uma piada de mau gosto, bagaceira. Ia contando e rindo, apenas ele ria. Antes do final, Geni o interrompeu:

— Olha o pequeno — falou apontando para Pedro.

Pedro olhava para Maria Francesca sem entender o que aquela mulher fazia ali conosco.

A segunda surpresa foi uma visita à tardinha: Ana.

Eu estava ajudando Valentina a recolher a roupa do varal, segurava um cesto que ela ia enchendo de roupa seca. Ao ver a moça chegando, larguei instintivamente o cesto no chão. Valentina não percebeu e jogou um lençol no chão. Esbravejou para si mesma, abaixou-se para pegá-lo e, quando ia levantando-se e começando a ralhar comigo, levou um susto: Ana nos cumprimentou.

— O irmão de vocês está?

Eu fiquei mudo. Valentina titubeou:

— Não sei.

Não vimos Estevam chegando da roça. Mas nos engalfinhávamos no meio de toalhas, camisas, calças... Ele poderia já ter voltado.

Ana seguiu em direção a casa.

Valentina e eu ficamos olhando-nos. Ela pôs no cesto o lençol sujo de terra.

Não houve mais encontros escondidos. Estevam ia ver a namorada a qualquer noite da semana. Muitas vezes passava lá o domingo inteiro.

Começou a se aproximar dos irmãos de Ana. Eram dois rapazes, um mais velho e outro mais novo que ele. Também trabalhavam na roça — ao que pareceu, o mais velho não teve dificuldade em tomar o lugar do pai nos negócios.

A mãe de Ana o tratava muito bem. Seguido perguntava por nosso pai, e não havia tom de rancor. Falava como se ele estivesse internado num hospital, como se o advogado fosse um médico, e o julgamento, a alta.

O advogado nos visitou mais uma vez com sua Brasília branca. Veio para outro pagamento. Nós ainda não tínhamos dinheiro, assim se foram um leitão, quatro galinhas, um saco cheio de mandioca. Fiquei vendo ele colocar tudo no porta-malas da Brasília e pensei que os bichos não chegariam vivos à cidade.

Ele já estava indo embora sem nos falar sobre a situação do

pai. Ferrucio perguntou-lhe. O homem, apressado, explicou que haveria um júri, que a justiça era lenta e que até lá nosso pai ficaria preso.

Pensei em quantas galinhas mais ele nos levaria porque a justiça era lenta.

— Teu pai não falou disso? — o homem perguntou a Geni.

Ainda que o pai falasse, a indagação de Ferrucio ao advogado era pertinente: Geni não nos contava nada das visitas. E na maioria das vezes conversava sozinha com o pai, nem Valentina podia nos dar a situação. Ademais, Valentina era muito nova, não entendia tudo.

No início do verão, tivemos uma semana inteira de chuva. Era tedioso, ficávamos todos dentro de casa as tardes inteiras. Quase todos: Ferrucio ia para o mato caçar ou apenas treinar a pontaria — nós ouvíamos os disparos —, ele atirava bastante e voltava sempre sorridente.

Não visitei Artur em nenhum dia daquela semana. Seria ruim para a professora me trazer de volta, muito barro na estrada. Depois de fazer os temas, eu andava por dentro de casa e pensava que para Artur não havia tédio, ele tinha seus filmes na *Sessão da Tarde*.

Debrucei-me na janela de nosso quarto e fiquei observando a água encharcar as couves e alfaces na horta, a água descer pela calha, fazer o morro sumir. Deu-me sono. Artur não me convidava para assistir aos filmes com ele. Brincar comigo aparentemente era melhor.

Deitei e dormi sentindo-me bem.

Aos poucos, fomos adaptando-nos à ausência do pai. O que nunca aconteceu com a falta da mãe.

E iniciou-se o hábito de Ana passar o sábado conosco. Como Geni e Valentina visitavam o pai no presídio, ela, a única mulher na casa, ajudava a cuidar de Pedro e nos servia o almoço. Sua presença nos alegrava — talvez nem tanto Ferrucio —, o ar da casa era outro. Algo em mim era renovado.*

* Da estrada principal até a casa de Antônio, uma estradinha sinuosa cortava o mato virgem. Garoava. Ferrucio andava pelo mato, decerto a esmo, a arma nas costas. Tinha um sorriso congelado, olhos esbugalhados que não cuidavam o caminho. Mas ele não tropeçava. Parou de repente e, sempre com o sorriso, abriu a braguilha e começou a urinar. Um som vindo da estrada, uma tosse. Ferrucio fechou o sorriso, fechou a braguilha e foi ver (sem ser visto). Era Ana. Usava um vestido amarelo-claro pouco acima dos joelhos, e o rosto não aparecia por causa do guarda-chuva. Como ele sabia que era Ana? Ferrucio conhecia os joelhos e as canelas da namorada do irmão, olhava demais para ela. Acocorou-se. A moça, aproximando-se. Volta o sorriso desconexo do rosto de Ferrucio. Moscas-varejeiras. Ele as abana, sem desviar os olhos da estrada. Ana evita as poças d'água. Aproxima-se. Ferrucio tira a espingarda das costas, calça no ombro, mira. Acompanha o andar da moça. Ela está passando por ele. Agora ele mira nas costas. Ela ainda está perto, desviando das poças d'água. A garoa vai transformando-se em chuva. Ana vai afastando-se, ainda na mira…

Quando fazia tempo bom, os gêmeos subiam para a roça. Ficávamos apenas ela, o pequeno e eu. Nesses dias, eu me via tímido. Ia para o pátio cuidar do meu formigueiro ou brigava de facão com inimigos imaginários, fazendo de conta que o facão era espada.

Ana ensinava a Pedro algumas frases. Ele repetia quando os outros chegavam em casa: "Pedro é bonito", "Pedro gosta de poleeenta", "Ana é minha amiga", "Ana é bonita", "Antônio é um mosqueteiro"...

Isso, um mosqueteiro. Ela reparava em mim. Nas lutas com Artur, nossas espadas eram de madeira — um pedaço menor pregado em outro comprido. Todavia, na frente de Ana, eu empunhava um facão, e ela entendia tudo.

Ana, a princesa.

Uma mosca verde pousa no buraco da orelha que Ferrucio não tem, e ele se desequilibra e cai sentado, a arma dispara para cima. Ana estaca e olha para trás. Ela não tem medo, sabe que o cunhado caça no mato. Prossegue.

Eles entraram no salão paroquial de braços dados. Artur e Ana. Artur não era mais velho, mas tinha a mesma altura dela e uma prótese no lugar da perna esquerda. Ana usava um vestido amarelo-claro que eu conhecia, e ele calças curtas. Olhei para os lados, procurando meu irmão: não estava lá. Na verdade, só havia nós três e a banda. Os músicos, de uniforme azul e branco, esperavam meu sinal para começarem a tocar. Sentado a uma mesa de pista, eu tomava cerveja como um adulto, invisível para o casal. A prótese de Artur não era improvisada como a de Estevam. "Ele não pode andar com um cabo de vassoura amarrado no joelho", pensei. "Um cabo de vassoura!", gritei, e a banda iniciou o baile. O salão estava cheio de gente dançando, e Artur e Ana sumiram no burburinho, o que me deixou em desespero. As pessoas falavam tão alto e riam tão alto que não se ouvia a banda. Tinha gente dançando entre as mesas, e logo senti as cotoveladas e os esbarrões. Eu não me preocupava mais com Ana e Artur, queria apenas sair vivo dali. Sentia falta de ar e acordei ofegante.

Na cama ao lado, Estevam dormia descoberto. E, na penumbra, pude ver seu cotoco.

Deitei-me de barriga para cima e fiquei pensando que era uma coisa boa Ana e Artur não se conhecerem. Fiquei aliviado por isso, que só fez sentido naquele momento.

Nossa casa ficava entre a cidade vizinha — onde o pai estava preso — e o distrito — onde ele havia cometido o assassinato. Voltando das visitas, Geni e Valentina só tinham que comprar as passagens para a nossa localidade, sem baldeação. Quem atendia no guichê da rodoviária era sempre o mesmo rapaz, com seu cabelo despenteado e uma expressão de deboche, olhando para Valentina de um jeito que a incomodava.

Na noite da sexta visita, Valentina me contou… "Ela parecia normal até a gente chegar na rodoviária. Não falou nada desde que saiu do presídio, mas isso era assim. Eu desconfiei que alguma coisa estava diferente hoje. Não sei, ela andava mais devagar, acho. Eu nunca te disse que ela, às vezes, me dá medo. Essas conversas com o pai não fazem bem para Geni. E não me deixam ficar. O pai nos encontra e é carinhoso comigo — o pai é outra pessoa agora —, mas dali a pouco me pede para sair, ele quer falar com ela. Aquele homem disse o quê? Vai demorar quanto para o julgamento? Ele vem aqui e pega as nossas galinhas… Mas Geni chegou na frente do moço das passagens e empacou.

Ele perguntava o que ela queria. Ele é nojento. Vamos lá todo sábado, ele não lembra para onde compramos as passagens? Ela empacou, não dizia para onde a gente ia. Eu estava nervosa, podia ter falado mas estava muito nervosa. A sorte é que não tinha mais ninguém na rodoviária. O moço perguntava para Geni e olhava para mim, não como quem espera uma resposta, mas como quem diz 'Olha aí a tua irmã'. Eu disse 'Geni'. Ela se virou para mim e vi que a boca tremia. Eu não sei se adianta falar com Estevam e Ferrucio, Maria Francesca é que tinha que voltar. Nós dois não podemos fazer nada, Antônio. Nós dois somos crianças."

Eu quis dizer que *eu* era criança, ela já era moça. Mas percebi, a tempo, que não ajudaria — pelo contrário.

John Wayne, Elizabeth Taylor, Clark Gable, Woody Allen, os rostos iam passando, eu não conhecia nenhum, e depois, do fundo, vinham as letras, uma a uma, azuis, até formarem o nome: *Sessão da Tarde*. Era a primeira vez que Artur ligava a TV comigo lá.

A professora nos trouxe bolo de milho. Estava meio duro, farelento. Ela devia estar menstruada. Geni nunca fazia pão quando menstruava, pedia para Valentina. Melhor para a família que as duas não tinham as regras nos mesmos dias. Comi o bolo da professora deliciando-me.

Assistimos a *Sansão e Dalila* e fomos para o pátio lutar de espada. Revezávamos o papel de filisteu, e o filisteu sempre morria — antes quem morria era sempre o apache.

O pai de Artur chegou em casa e veio à porta dos fundos olhar para nós. Não disse "Ó, guris", como costumava. Ficou olhando, ainda tinha a chave do táxi na mão.

Não interrompemos nossa luta, as espadas batiam até mais forte. Artur era o filisteu, era a sua vez de morrer, mas não se entregava e investia sobre mim com mais e mais avidez. Fui andando para trás, quase só me defendia. Artur não estava cumprindo nossa regra, mas se eu reclamasse me acharia um fraco. Recuei até o muro e me vi imprensado. Artur me acertou na perna direita. Doeu. A partir dali, foi instinto: larguei a espada e me abracei a ele, caímos os dois no chão, rolamos, um tentava dominar o outro, ora ele, ora eu por cima. Era puro instinto de lado a lado.

E o pai de Artur, à porta dos fundos, quieto.

Não nos dávamos socos, mas, assim como Artur me machucava com os cotovelos e os joelhos, eu também devia machucá-lo. Não gemíamos. Não era somente um jogo de forças, era para além disso um jogo de honra.

— Artur, Antônio, parem já! — gritou a professora.

Paramos, abraçados, olhamos ao mesmo tempo: agora estava só ela à porta.

— Pra dentro. Os dois vão tomar um banho — continuou com firmeza.

Ela providenciou toalhas e nos empurrou para dentro do banheiro. Nós evitávamos nos olhar. Ela mandou que fôssemos rápidos, que estava na hora de me levar embora.

Tomamos banho juntos sem trocar uma fala sequer.

Secamo-nos, vestimo-nos no banheiro, a mãe de Artur me levou para casa. Com ela, novo silêncio. Mas de minha parte não era constrangimento: eu estava distraído, olhava pela janela do carro, não sei o que via.

Valentina cogitou escrevermos a Maria Francesca para contar o que acontecia com Geni.

— Mas o que ela vai fazer?

— Não sei.

Era desespero.

Quanto aos gêmeos, ela tinha razão: não adiantava conversar com eles, que pareciam ocupados demais com a roça e suas vidas. Um dia eu tentei, falei para Estevam:

— O que vamos fazer com Geni?

— Que tem a Geni?

Eu a via na horta, abaixada colhendo moranguinhos, e pensava que tudo era exagero nosso, que ela estava bem, ela era a mais velha e cuidava de nós. Andava atrás dela pela casa vendo-a fazer coisas normais de forma normal, puxava conversas e a ouvia responder como sempre respondeu, e pensava, com alívio, que exagerávamos, ela passava por momentos de fraqueza, era isso. Geni tinha vinte anos quando a mãe morreu. Se não foi fácil para nenhum de nós, para ela foi menos. Se os outros assumimos o papel que antes era de um irmão mais velho, ela assumiu o lugar da própria mãe. Não falo da cozinha, mas de ser a mulher mais velha na casa, de cuidar de todos. Agora até do pai.

Aos oito anos, forcei-me a concluir que todos podem fraquejar de vez em quando sem que signifique enlouquecer. Se não podia mudar a realidade fora de mim, mudaria dentro.

Valentina teve menos sorte: ela enxergava Geni comendo os morangos sujos de terra enquanto os colhia, virando-se para os lados com medo de ser vista, acocorada, babando terra.

Passei semanas sem ver Artur. Férias escolares.

Marcaram o julgamento do pai. Em casa, o assunto era cada vez mais evitado, à custa de falarmos cada vez menos uns com os outros. Até Ana adotou o mutismo da família. Eu pensava no que ela estaria esperando desse julgamento.

O único falante era Pedro. Eu, que passava mais com ele, percebi que tinha um novo amigo imaginário. Ele conversava por um tempo com o amigo e vinha para mim dizendo "Ele quer bolo" ou "Ele tá nanando". Não se tratava de nossa mãe, entendi logo. Tampouco de alguém inventado, eu soube quando o ouvi dizer após uma longa falação:

— Volta, papai.

Fiquei lembrando as poucas vezes em que o pai foi carinhoso com Pedro. Sempre rígido com os filhos, depois da morte da mãe ele se tornou também distante, com um quê de apagado — Pedro, claro, só o conheceu depois da morte da mãe.

Isso estranhamente mudou nos tempos que antecederam o assassinato. Seu humor variava, às vezes mostrava-se alegre, eu não entendia. E segundo Valentina, preso, ele estava outra pessoa.

Gentil, calmo, confiante. Desde a primeira visita, ela o ouviu dizer duas vezes: “Os homens não podem me julgar, só Deus”.

Eu não imaginava uma frase dessas na boca de meu pai. Ele era prático, objetivo. Resolvia as coisas sem maiores reflexões ou sem externar reflexões. Matar um homem deve transformar o sujeito, foi mais ou menos o que pensei.

Vinte e dois de março de 1977. Véspera do julgamento de meu pai.

A manhã foi como qualquer outra. Fazia tempo que ele estava preso, meus colegas da escola haviam esquecido, não me faziam mais perguntas. Comi bolo na merenda, joguei futebol em nosso campo de goleiras imaginárias.

Valentina faltou à aula. Cólicas. Ela se contraía toda de tanta dor.

A professora sabia do julgamento. Seu marido era taxista, era bem informado. Ela me disse, na saída, que não tinha problema eu faltar no dia seguinte. Perguntou se eu não gostaria de brincar com Artur naquela tarde. E não por nossa briga na última visita, mas apenas por causa do julgamento, eu disse não e agradeci.

Quando cheguei em casa, Valentina parecia melhor, sem palidez. Eles não me esperaram, já almoçavam. Cumprimentaram-me com olhares. Larguei o caderno no quarto e vim sentar à mesa, com fome.

Lembro que a comida estava boa.

* * *

A tarde era a mais quente dos últimos meses. Sem vento, quente até nas sombras. Minhas irmãs trabalhavam na casa; os gêmeos, na roça; Pedro dormira. Sentado no chão, eu olhava para meu formigueiro e pensava se lá embaixo da terra não seria fresquinho. Tinha lição de casa a fazer, mas estava sem força, mole. Era difícil até respirar.

Uma mosca zunia ao redor de mim. Eu não me virava para procurá-la, não sabia exatamente onde ela se encontrava, o zunido vinha de todos os lados. Pensei em me defender, entretanto pensei que ela zunia porque voava, eu tinha que me preocupar, sim, quando o zunido parasse. O zunido, ele estava aumentando, mais alto, alto, parecendo um motor de carro.

Era um carro entrando em nosso terreno. Um Fusca branco. Um táxi branco. O táxi branco do pai de Artur.

Levantei-me sem acreditar. Desceu toda a família: pai, professora, filho. Ver Artur em minha casa era como ver um astronauta ali. Senti vergonha. Não queria que ele me visse com as roupas sujas de ficar sentado no chão, as roupas sujas de minha intimidade, que ele visse minha casa suja depois de anos sem a mãe e meses sem o pai, minha casa sem televisor. Ele sabia quem eu era, nada seria novidade, eu só não queria...

Corri até o poço e fiquei vendo tudo de longe.

Os pais de Artur conversavam com Geni na frente do Fusca, e ele veio até mim, devagar. Trouxe dois bonecos do Forte Apache nas mãos, um soldado e um índio.

— Posso ficar aqui? — perguntou.

Senti como se *eu* perguntasse a mesma coisa a ele. E quando respondi que sim, respondi pelos dois.

Artur largou o índio sobre a tampa do poço, perto de mim. Ele não me olhava nos olhos. Trocou o índio pelo soldado. Eu entendi, peguei o soldado, mas não soube o que fazer. Ficamos segurando os bonecos sem nos falar, sem o soldado atirar no índio ou o índio flechar o soldado. Éramos quatro, dois homens e dois meninos, estáticos.

Artur começou a aproximar o índio do soldado. O boneco andava lentamente, assim como ele próprio veio ao poço. Eu ainda não sabia o que fazer. O índio parou bem na frente do soldado e Artur — ou o boneco — disse:

— Eu te amo.

— Não! — Geni gritou.

E a vi desabando sobre o pai de Artur, ele teve dificuldade para não a deixar cair no chão. A professora ajudou a segurá-la, Valentina apareceu ao redor deles, já eu não saí de onde estava, não conseguia me mexer.

Geni recobrou os sentidos, agora chorava, olhou para Valentina e abraçou-a.

A professora veio em nossa direção. Eu larguei o soldado bruscamente, ele caiu de costas. Artur recolheu o soldado e saiu de perto de mim, ia para junto de seu pai, olhou para trás duas vezes.

Eu não lembro como a professora me contou, com que palavras, quanta explicação me deu para dizer que meu pai tinha conseguido se enforcar na grade da cela fazendo tiras do lençol. Acho que ela foi breve e logo me deu um abraço, um abraço demorado.

Artur brincava com os bonecos sobre o capô do Fusca. Seu pai, Valentina e Geni estavam a poucos metros dele, e o índio e o soldado lutavam.

Eu não chorei. Só imaginei que não era a professora, mas minha mãe quem me abraçava. Pude sentir seu cheiro. Senti sua respiração envolvendo-me e embalando-me. Fechei os olhos e senti o amor que só os braços de minha mãe um dia tiveram. E não queria que ela me largasse, não queria que fosse embora outra vez.

VALENTINA

Antônio, irmão querido, que saudade, meu menino. Recebi hoje os originais do teu livro e prometo ler assim que puder. Em nossa casa ainda falamos de tua última visita, faz quase um ano. Embora nunca fiques por muitos dias, todos nós gostamos de te ver por aqui. E Andreia pergunta se vens para o Natal.

A Andreia semana passada mexia numa caixa de fotografias antigas e reparou na cara fechada de nosso pai no casamento de Maria Francesca. Quis saber o porquê. Já irritada com Paulo que lhe alcançou a caixa sem a minha autorização, tentei fugir perguntando para que fuçar naquelas fotos. Ela disse que era um trabalho escolar sobre família. Pensei em dizer que a escola não tinha nada a ver com nossa família, que não se intrometesse. Me segurei, claro. Por um instante, fiquei olhando para minha filha como se ela fosse uma intrusa, como se ela, o Maninho e Paulo não tivessem nada a ver com a *minha* família. Meu instinto foi o de nos proteger, a ti, ao pai, Maria Francesca. Eu estava me protegendo. Mas do quê? Da minha filha de treze anos? Vi o absurdo: a ligação entre as duas famílias evidentemente sou eu, e se pensei em esconder da filha algo do nosso passado, queria era me esconder. Disse que lhe contava outro dia, que fazia muito tempo, eu não lembrava bem, seu avô tinha aquela cara fechada sempre, era o jeito dele. Quase disse "Mas era gente boa", e travei. Falar mais de nosso pai no momento seria dar corda à intromissão. Ela pareceu não se importar, estava de bom humor (o que ultimamente é raro) e seguiu selecionando fotos para o maldito tema de casa.

E se fosses tu em meu lugar, contarias a verdade? Ou pouparias a menina de treze anos de coisas que ela não tem por que saber? Me ajuda, faz uma força. O que tu dirias se fosse contigo?

Não vieste. Paulo sabia, Andreia também. Eu é que esperava uma surpresa. Toda vez que me afastava da cozinha, espichava as orelhas para poder ouvir o interfone. Vivo esperando muito. Tenho que aprender a não ter esperança.

Mas era difícil. Era Natal.

Lembras o nosso último Natal com o pai? Rezamos antes da ceia, e se fez um silêncio pesado à mesa. Até o pequeno Pedro ficou quieto. Ele que andava numa falação enrolada, incompreensível e constante, passou a noite mudo. Hoje eu acho graça nos presentes que o pai nos deu, roupas e cadernos que seriam comprados de qualquer forma. Não vivíamos na miséria, havia dinheiro para ele nos fazer um mimo ao menos no Natal. A pobreza era outra. Eu esperava algo mais, já naquela época minha esperança era maior do que devia. Não aprendi.

Se Pedro falasse uma palavra naquela noite, seria um presente para mim. Não veria nada de mal em ele dizer "Mãe". Eu era uma menina, ficaria emocionada, apenas isso. Mas depois, quando ele falou a primeira palavra certinha, *essa* palavra, acho que foi um erro eu entender que nosso problema era falarmos demais nela. Não estou dizendo que entendi errado, digo que o erro foi eu *entender*. Na imaturidade dos doze anos, era muito cedo, eu tinha o direito de ser inocente mais um pouco. Um ano que fosse, alguns meses, o suficiente para não compreender também o que aconteceu com o pai.

Agora eu agradeceria se pudesse não compreender o que há contigo, o que há entre nós. Poder simplesmente perguntar: por que não vieste para o Natal mesmo depois de me mandar o livro?

O Maninho está mais irritado nos últimos dias. Anda com diarreia. Não sabemos do quê, mas se isso tira do sério qualquer um, imagina ele.

Eu quase escrevi "qualquer pessoa normal".

O menino tem oito anos e parece que nossa vida com ele não é a "normal", a que deveria ser, parece uma história alternativa. Ou eu sou a pior mãe do mundo, ou falo por todas: ninguém se acostuma, ter um filho autista definitivamente não é normal. Podem todas dizer o contrário, da boca para fora. Eu mesma não falo isso em voz alta, não depois de oito anos. O mundo todo nos cobra superação, as pessoas esperam sempre ouvir uma história de vida contada por vencedores, mas a realidade, meu irmão, a realidade não nos cobra nada.

Faz dois dias que ele não vai à escola, e tive que ficar em casa. O Paulo não tinha como, até se ofendeu quando toquei na possibilidade, como se dissesse "Pra ti é mais fácil, tu és professora". Eu não quis começar uma briga, outra briga, mas poderia ter dito "Pra mim é mais fácil porque sou mãe".

O que mais dói é que para o Maninho não faria diferença.

Essa tarde eu lavava a louça e ouvi uma risada na sala. Era mais do que um riso de graça, era um riso de alegria. Desconfiada, larguei a panela na cuba e, sem sequer fechar a torneira ou secar as mãos, fui ver. Por um segundo, esqueci como a coisa funciona, esqueci o que é minha vida e só queria compartilhar um momento de alegria com meu filho. Mas chegando lá, eu o peguei sentado no meio do tapete com os olhos fixos na tela da TV. O riso vinha da televisão. Maninho nem percebeu que eu estava ali.

Terminei de ler os originais do teu romance. Antes de dizer o que penso, quero agradecer por teres confiado em mim. Quando acho que ficamos distantes um do outro, meses sem nos falar, o carteiro vem com um pacote enorme, com o teu nome no remetente, e de alguma forma é como se voltasse a nossa infância. Não pelo que li, mas pelo fato de ter lido, por ter te ouvido como naquela época.

E como na época, fomos confidentes, eu não disse a ninguém aqui em casa o que era o volume encadernado. Sei que não é segredo, que vais publicar, mas por uns dias tive o gostinho de te ouvir mais uma vez falando só para a tua irmã. Se Paulo ou Andreia me viram lendo, pensaram que era material para as aulas, deixa assim.

Ainda antes de dizer o que penso, te pergunto por que mexer com o nosso passado. Não tive coragem de perguntar quando falaste do projeto e me pediste ajuda. Tanta coisa para escrever, tanta história para contar, por que mexer com a família? Não estou te censurando nem protegendo ninguém. É uma curiosidade. Me lembrei agora do que te disse outro dia, quando a Andreia me questionou sobre o casamento de Maria Francesca: eu quis esconder meu passado da própria filha, e tu o escancaras para um leitor desconhecido.

Já sei a resposta, vais dizer que é uma necessidade tua. Eu entendo. Da mesma forma que é uma necessidade minha esconder, enterrar. Esquecer? Antes de ler as tuas memórias, eu não tinha essa noção, há uma semana não te falaria isso com tanta clareza.

São respostas diferentes para o mesmo problema. E talvez estejamos os dois errados.

Hoje, quando acordei, o Paulo não estava mais na cama. Fiquei olhando para seu travesseiro vazio e pensando que sempre o vi como alguém que sabe lidar com o passado. Sempre senti inveja, confesso, mas também admiração.

No início de nosso namoro, os pais dele ainda eram vivos. A mãe já estava doente, embora ninguém soubesse. Ela só revelou o câncer à família quando não tinha mais como esconder. E eles não a julgaram, ninguém disse um ai de reprovação. Foram meses de sofrimento, e todos ajudando no que fosse possível. Depois do enterro, perguntei a Paulo se ele nunca sentiu raiva da mãe. Ele me respondeu que só no lugar dela para saber se faria diferente. Não tive como evitar a comparação: nossa mãe morreu por complicações no parto, o que não se daria em outro contexto, se ela morasse aqui na cidade grande, como a mãe de Paulo... e mesmo assim nós a culpamos por muita coisa que nos aconteceu depois. Percebi que não tinha como os entender totalmente e não comentei mais nada.

Sei que tenho um jeito meio direto de encarar as coisas. Se

fizesse terapia, culparia a infância na colônia sem espaço para devaneios. É difícil para mim começar uma conversa comendo pelas beiradas. Às vezes, tenho vontade de perguntar a Paulo por que ele parece não ter essa compreensão toda com nossa família, com o Maninho. Porém, a pergunta em si já parece uma agressão e desisto de fazer. E para não ser agressiva, estou vendo meu casamento se esvaziar. Vejo Paulo mais distante a cada dia, nossos diálogos se resumindo a coisas irrelevantes.

Encontrei uma professora da Andreia no supermercado. Comentei as notas baixas no último bimestre e disse que estava tentando puxar mais em casa. A mulher teve uma reação estranha, começou a falar pisando em ovos, disse que a adolescência é uma fase difícil e coisas assim. Nos demoramos um pouco, paradas entre as gôndolas do tomate e da cebola, e quando vi eu estava tentando desviar o tom da conversa para um papo de professora e não de mãe. Ela também percebeu, acho que ficou impaciente e acabou dizendo, com todo jeito, o que pretendia desde o início: quem sabe devêssemos levar Andreia a um psicólogo. Fiquei olhando aquela mulher de quarenta e poucos, magra, cabelo malcuidado e cara de quem nunca pariu um filho. Pensei em como deve ser fácil para alguém como ela chegar a essa conclusão, fácil como escolher o xampu que vai levar para casa apenas lendo a informação no rótulo: este serve para cabelo seco, este para cabelo cacheado, este protege as pontas, o seu filho foi bem criado, o seu não, fale com a psicopedagoga do colégio, leve a uma psicóloga, já o seu é de se levar ao psiquiatra. Não me contive e perguntei se ela tinha filhos. Não tinha, "Mas sei que não é fácil", ela emendou. "Não é", eu falei, e segui escolhendo cebolas. Seis e meia da tarde, nessa hora o mercado não repõe mais as cebolas, a gente tem que garimpar uma boa, não sei como pode sobrar tanta cebola feia, podre, gosmenta. Tinha que me esticar para alcançar alguma no alto da pilha, aquele cheiro doce começou a grudar nas minhas narinas, me senti catando lixo. Nem vi a professora se afastando.

Eu não pude te dizer tudo o que pensava quando vieste aqui, Paulo e as crianças sempre por perto. Mas sinto muito, sinto de verdade pelo que aconteceu com Artur. Vocês passaram por uma barra para ficarem juntos. Acho que precisam se dar uma chance, vencer o orgulho, se perdoar. O perdão pode ser o começo e o fim de tudo. Ele significou tanto para ti. Fico me perguntando se teus livros não seriam uma resposta aos filmes que ele te contava, ao fascínio que ele te provocava com suas histórias.

Maria Francesca voltou encantada de sua viagem. Me contou em detalhes. Embarcaram no Rio porque uns amigos lhes disseram que no porto de Santos o movimento é muito grande, um atropelo. Dali a dois dias, aportaram em Salvador, onde passaram o dia comprando badulaques e evitando a comida local. Seguiram para Fortaleza, última parada na costa brasileira, onde aproveitaram para ver uma sobrinha de João Wagner. Então foram quatro dias sem ver terra até chegarem a Santa Cruz de Tenerife, nas Canárias. Passaram em Arrecife, na ilha de Lanzarote, em Funchal, na Madeira, e Casablanca, no Marrocos. Na Espanha conheceram Cádis, Málaga, Valência e Palma de Mallorca. Na Córsega, Ajaccio, cidade natal de Napoleão. Desembarcaram em Gênova no início de abril, onde acabou o cruzeiro marítimo. Pegaram o trem para Roma, onde chegaram ao anoitecer, debaixo de um temporal. Ficaram num ótimo hotel a apenas quinhentos metros do Vaticano. No domingo de manhã, após comprar capas plásticas e guarda-chuvas, foram assistir à missa de Páscoa do papa. Quatro horas em pé, com chuva e frio, mas, segundo ela, foi emocionante. De Roma voaram a Paris (a visão dos Alpes Suíços foi a mais linda de toda a viagem, ela disse), ficaram lá uma semana inteira e se decepcionaram com a consistência dos pães (se bem que João Wagner, um chato para comer, reclamara até dos cozinheiros do navio).

Uma viagem que eles só quiseram fazer agora que Geni morreu. Podiam ter deixado nossa irmã com uma cuidadora, ou numa clínica, ou até aqui em casa por uns dias. Mas Maria Francesca nunca delegou a ninguém o trato com a mais velha. Tu sempre disseste que era culpa, desde que Maria Francesca a levou para morar com ela. Prefiro pensar que era apenas amor.

Uma viagem maravilhosa... "Um dia poderás fazer uma assim", ela me disse, "quando as crianças crescerem." Quando Andreia crescer e puder cuidar do irmão, decerto pensou.

Andreia já está crescendo, e às vezes acho que um dos motivos da revolta seja especialmente esse.

Maninho está ficando forte. Boa e má notícia. Talvez se possa dizer isso de qualquer pessoa, não é? A gente não sabe o que alguém pode fazer com sua força.

Eu rezo e me empenho para que ele tenha uma vida, como dizer, próxima, não, o mais próxima possível da normalidade. E tivemos algum avanço: ele já se veste sozinho (desde que eu escolha as roupas), logo vai poder tomar banho sozinho. Parece pouco, mas são nossas vitórias.

Entretanto, as coisas têm que andar como previsto. Esse ainda é um problema. O que sai da rotina vira um grande problema.

Hoje me ligaram da escola dele. Pediram que eu não me apavorasse, eles o tinham levado ao pronto-socorro. Disseram que eu fosse direto para lá.

No caminho telefonei a Paulo, várias vezes, e ele não atendeu. Na última, um fiscal de trânsito me fez um gesto para estacionar. Nessas horas o raciocínio se vai embora: com o Maninho no pronto-socorro e eu sem saber o que estava acontecendo, que importância teria uma multa? Mas não, tentei me defender:

— Moço, meu filho está no hospital, eu estou tentando falar com o meu marido.

— A senhora não pode falar ao telefone enquanto dirige — ele disse feito um robô.

— Eu sei, é que... o meu menino é autista.

O rapaz não sabia o que dizer. Ficou me olhando. Optou pelo óbvio:

— Mesmo assim a senhora não pode falar ao telefone enquanto dirige.

Comecei a chorar. Não era pela multa, claro. Nem sei te dizer o porquê. Tenho até vergonha. Eu, geralmente tão controlada, desatei a soluçar em lágrimas na frente de um desconhecido. Ou seria por isto: eu, sempre tão controlada, só me permiti desabar na frente de um desconhecido.

E o choro deu lugar à raiva: o fiscal me liberou sem me autuar, por pena. Mais do que o incidente com meu filho, isso sim acabou com o meu dia.

No hospital, já estava tudo sob controle. Maninho tinha ficado em observação por uma hora, eu podia levar o menino para casa. Ele batera com a cabeça na parede repetidas vezes quando avisaram que não haveria aula de educação física, a mãe do professor falecera. Ele tem apenas oito anos mas é forte, a professora teve dificuldade em dominar. Ele bateu até cair inconsciente.

Não reclamo de que Paulo hoje não seja o mesmo com quem me casei há quinze anos. Seria ingenuidade e até injustiça, eu também não sou a mesma. Acontece com todos: o namoro um dia acaba, o carinho muda, se transforma em algo mais maduro, contido. Daí vem a primeira filha e os afetos se reorganizam, cada um assume um novo papel e é como se tivesse que aprender a viver de novo.

Mas antes do Maninho a gente ainda dormia abraçado.

E era nosso costume ouvir música no carro. Se Andreia estivesse conosco, imperavam os discos infantis; quando eu dirigia sozinha, MPB; Paulo tinha um apego emotivo ao pop dos anos 1980... Até que veio o Maninho e, logo depois, o silêncio. No rádio e em nós.

Da minha parte, era um turbilhão de preocupações, com o futuro, com minha capacidade para enfrentar o problema, com o destino de todos e principalmente o do menino. Quanto a Paulo, eu pensava que acontecesse o mesmo, ou melhor, não pensava, mas seria natural ele ter as mesmas preocupações. Só entendi que a causa do silêncio nele era outra quando deixou escapar, se não me engano durante um almoço, que um amigo lhe dissera ter lido numa revista um artigo muito científico explicando que o autismo seria fruto de uma relação inadequada entre a mãe e o bebê.

Nossa médica disse que essa era uma teoria ultrapassada, agora se falava em alteração genética. Paulo remoeu aquilo por um tempo, mas não demorou a me culpar outra vez, lembrando "minha irmã louca".

Foi o início da fase das brigas.

A fase das brigas. Qualquer coisa servia de pretexto, sabes como é. Fugimos do essencial fazendo drama em cima das picuinhas. Se eu comprasse um sabonete de marca diferente, o mundo vinha abaixo ou, se a empregada esquecesse uma janela aberta e chovesse, a culpa era minha, e vá reclamação. Não digo que eu fosse uma santa, havia também os *meus* momentos de fúria gratuita, embora menos frequentes. Uma vez o carro dele estava na revisão e fiquei de lhe dar carona para ir e voltar do trabalho; na volta ele se demorou um pouco mais que o combinado para descer do escritório, assim, minutos, e vim embora; ele me ligou para o celular perguntando onde eu estava e ouviu algo ríspido como "Cansei de esperar, pega um táxi". Tínhamos apenas um cuidado: nunca brigar na frente das crianças, o Maninho reagia muito mal a gritarias.

O Maninho... Paulo não me culpava mais, quero dizer, não tocava no assunto, mas ambos sabíamos que no fim tudo se tratava dele.

Quando te contei por alto, me sugeriste que fizéssemos uma

terapia de casal. Nada contra, funciona com muita gente. O entrave sou eu, isso de terapia não é para mim. Não me abriria o suficiente com uma pessoa estranha, mesmo sabendo que um profissional não nos julga, trata nossas questões como o mecânico trata as peças de um motor. Frequentamos consultórios por causa do Maninho desde que descobrimos a doença, mas é diferente: problemas de casal não são doença, são incompetência para lidar com a coisa mais básica da vida.

De qualquer forma, agora faz uns meses que estamos brigando menos, quase nada. Mas acho que o clima entre nós permanece, só pararam os bate-bocas. Às vezes, penso que Paulo tem outra.

Me encontrei com Ana em um café. Devolvi as cartas, como pediste, agradeci em teu nome. Não lhe disse que tu não usaste nada no romance, fiquei com vergonha. Remexer naqueles papéis não deve ter sido fácil para ela, ainda mais sabendo para que era. Foi desprendida e muito generosa. Aliás, ela sempre me trata com carinho desde que nos reencontramos aqui em Caxias do Sul. Pergunta por Estevam. Ana é uma mulher admirável, merece a vida tranquila que tem, a família que tem. Contou que o filho mais velho começou a medicina este ano, em Santa Maria. Está ao mesmo tempo feliz mas apreensiva com a saída do menino de casa. Eu peguei em sua mão e falei sorrindo que ela não se preocupe, ele não é mais um menino. "Nunca deixam de ser", ela retrucou. E de repente seu olhar desviou de mim. Eu sorri outra vez, estou acostumada, todos são cuidadosos quando falam comigo sobre filhos. Ela percebeu, relaxou, abriu o envelope e começou a folhear as cartas:

— Se ela não quisesse que soubéssemos, teria queimado tudo, não é?

Concordei. Para mim também era difícil ver aquelas folhas amareladas... Na escrita de nosso pai, a caligrafia grosseira, os erros gramaticais, o modo rude para falar dos sentimentos, se atendo ao presente, a sua preocupação com o futuro dos filhos, sobretudo o de Estevam. A mãe de Ana, dentro de certos limites, era mais terna e lembrava o passado, o amor juvenil entre os dois, como ela sofreu e como nunca entendeu por completo as razões de seu pai ao proibir que namorassem.

Reparaste nas datas? Começam logo após a morte de nossa mãe, ela prestando condolências e rogando que ele nunca, por um momento sequer, culpasse o pequeno Pedro. Que todo filho é uma bênção. Que não nos cabe questionar a vontade do Senhor.

Jamais gostei da expressão "os desígnios de Deus". Minha religiosidade precária me faz pensar que Deus não planejou detalhadamente nos tirar a mãe tão cedo e tudo o que veio depois, desde o casamento extemporâneo de Maria Francesca, o pé de Estevam, até o destino de nosso pai. E esse mesmo sentimento religioso minguado me permitia crer que Deus me daria uma segunda chance de ter uma família... confesso que não encontro o adjetivo.

Geni e o pai não conseguiram nos encaminhar pelas trilhas da fé, como sei que a mãe faria. Tu não deves lembrar, nela era natural, eram pequenas coisas: rezava conosco antes de dormir, nos advertia de não deixar o pão com a base para cima porque o pão era sagrado, era o corpo de Cristo. Eles não tinham esse tempo, cada um foi levando a vida na medida do possível às suas forças. Eu ainda fui crismada, e tu nem isso (no teu caso, nem o pai estava mais com a gente). Não falo dos sacramentos, e sim do que faltou em casa (e sem entender até hoje como despertou em Pedro a vocação para o sacerdócio).

Por que falo em religião? Foi o que Ana me disse antes de nos despedirmos no café, sobre o Maninho: "Deus não nos dá uma cruz que não possamos carregar". Sim, já ouvi esse ditado mil vezes, um milhão de vezes. Mas nunca o ouvi com a pureza com que Ana me falou. Ela não estava repetindo, disse aquilo com sinceridade e afeto, seus olhos umedeceram.

Veio a imagem do pediatra, quando Maninho tinha ainda menos de um ano, perguntando se era sempre assim, se ele não nos olhava nunca nos olhos. Fez outras perguntas, muitas, e acabou a consulta dizendo que nos encaminharia para uma psiquiatra infantil, ele suspeitava que nosso filho fosse autista.

Me despedi sem dizer a Ana que a Valentina de hoje pode não ser tão forte quanto a menina de doze anos que ela viu se tornar órfã de mãe e pai.

Quinze anos casados, e sei quantas voltas Paulo dá com a colherinha na caneca para mexer o café, sei quanto tempo ele demora escovando os dentes, que depois de assoar o nariz ele dobra o lenço de papel em quatro antes de amassar e jogar no lixo. Não porque eu seja tão observadora, ele é que faz as coisas sempre do mesmo jeito.

E anda com o celular à mão o tempo todo, desde que Andreia nasceu, e nunca deixa de atender quando ligo. Quando está sozinho em casa, leva o telefone até ao banheiro. "Vocês podem precisar de mim", ele diz. "Relaxa", eu falo, "desliga um pouco, toma o teu banho sossegado."

Ou *era* assim. De uns dias para cá, minhas ligações caem na caixa postal com alguma frequência.

O mais estranho, no entanto, é que o eterno sedentário agora resolveu fazer academia: duas vezes por semana, terças e quintas, após o trabalho.

Pode ser a outra, eu penso.

Fingindo que só fingia me interessar, lhe perguntei onde

era a academia. Ele me disse. Eu conheço, de passar pela frente, é das boas. Mas se eu questionasse por que escolher uma academia que não fica no caminho do escritório para casa, ele veria que eu realmente estava interessada, e mais, alegaria apenas isto: é boa, me recomendaram etc.

Te aborreço com frivolidades, irmão? Se tu ainda não sabes, aprende: para uma mulher, os detalhes nunca serão meros detalhes, eles são a chave. Para sair um pouco do inferno que deve ser a vida dele, Paulo poderia colecionar carrinhos, jogar no computador, beber, há muitas rotas de fuga. E, entre tantas, ele escolheu cuidar do corpo.

Esses dias, na saída para a aula, Andreia avisou que almoçaria na casa da Júlia, passariam a tarde fazendo um trabalho de literatura brasileira para apresentar, valendo nota. Perguntei se a mãe da Júlia estaria em casa. Ela ficou irritada (aparentemente eu a irrito na maior parte do tempo) e me encarou com as mãos na cintura:

— Acha que estou mentindo?

Me senti mal. De fato, mentirosa minha filha nunca foi. Tem esse geniozinho complicado e uma teimosia do cão, mas não é de mentir. Perguntei no impulso, uma coisa automática, de mãe. Devia me explicar? Concluí que não e me senti mal pela segunda vez. Me justificando eu perderia a autoridade (se é que restava alguma). Preferi ser injusta e calei.

Ela chegou em casa animada, de bom humor, como fica ao passar umas horas com as amigas. Fez uma pequena graça com o Maninho, beijou seu pai, me elogiou o cheiro que saía das panelas. Tomou banho, e a água deve ter levado embora os resquícios da tarde, porque na hora da janta ela já estava "normal". E eu, com minhas preocupações de rotina, me esqueci de perguntar sobre o trabalho de literatura.

Não conheço a mãe da Júlia. Sei que é advogada, que mora num bairro de casas caras e que não tem tempo de comparecer às reuniões de pais e mestres na escola da filha, manda o marido sozinho. Não tenho o telefone dela, nem ela o meu. Pois hoje de tarde eu estava na sala dos professores, no recreio, e me chamam na secretaria: ligação de uma tal Maria Aparecida, dizendo ser uma urgência.

— Valentina — a voz não era simpática, e falava meu nome como se me conhecesse intimamente —, você autorizou aquela sessão de fotos?

— Que fotos?

Andreia, Júlia e mais outra colega passaram uma tarde posando no estúdio de um fotógrafo. Ele deu cinquenta reais a cada uma e disse que era para o catálogo de uma confecção juvenil de biquínis. A mãe de Júlia, bisbilhotando, achou algumas fotos no computador da menina e a fez se explicar. Falava comigo no mesmo tom, cobrando explicação.

— Quando foi isso? — perguntei. Não que a data fizesse diferença, mas eu não sabia o que dizer, estava atordoada, minha filha não era de me esconder as coisas, minha filha não era de mentir para mim.

Agora ela era.

Ontem, foi o aniversário de Ferrucio e Estevam. Lembraste? Telefonei para eles depois do *Jornal Nacional* (nossos irmãos são cheios de mania, eu não quis ligar na hora sagrada deles). Me atendeu Ferrucio, naquele seu jeito, poucas palavras, uma pergunta protocolar sobre as crianças, e passando logo para Estevam. Ouvi os pulos até ele chegar ao aparelho (de noite, costuma tirar a prótese, para aliviar). Lhe desejei felicidades e perguntei como ia a vida. Estevam gosta de um papo, mas me deprime um pouco: é a chuva que não veio na hora certa, ou veio demais, ou de menos; é a cotação do fumo que tinha que ser melhor, mas "Sabe como é, mana, as fumageiras são mais fortes, a gente sempre se ferra"; é o empregado novo que eles contrataram "de carteira assinada e tudo", mas que vive doente ou fazendo corpo mole... Não sai disso, todo ano a mesma conversa. E todo ano o convido para me visitar, passar uns dias aqui em casa. Ele ri e diz que vem "quando der, tu sabe, não é bem assim deixar o Ferrucio sozinho". Eles não se desgrudam. Ana fala da situação nestes mesmos termos: "Ele não consegue deixar o Ferrucio sozinho". Ela não tem rancor, Ana é uma criatura abençoada.

Por que *eu* não vou até a colônia? Já me perguntei isso algumas vezes. Meu marido e meus filhos só conhecem o lugar por fotos (que são poucas). É confuso. Sei que tenho medo de reviver. Ao contrário de ti, procuro evitar as lembranças. Elas vêm, querendo ou não, vêm. Ler o teu romance nem foi tão doloroso como eu imaginava. Por outro lado, sei que nossa casa não está mais lá, muito mudou: a casa em si foi trocada por uma de alvenaria, eles não têm mais a horta nem criam galinhas, agora é tudo fumo quase até a varanda... Nosso passado, visualmente, se apagou.

E o presente me absorve. Hoje de tardinha estacionei na frente da academia de Paulo, do outro lado da rua. Fiquei dentro do carro, enterrada na poltrona. Esperava não o ver chegar. Esperava, mais tarde, indagar como foi seu dia e ouvir que se incomodou no trabalho, mas que a musculação estava boa e tal. O que eu faria? Não sei, ainda. E por enquanto não vou saber: ele foi, entrou na academia, saiu uma hora depois, veio para casa.

Cheguei agora e vim direto te escrever. Não imaginas como chove aqui. A gente não enxerga um palmo na frente do carro, e as ruas começaram a se alagar. Era previsível, de manhã ventava e no início da tarde era um calor abafado e o céu ficou preto. Estava claro o que vinha.

Ainda assim, há quem a chuva pegue de surpresa.

Meu colega Fernando, por exemplo, nosso novo professor de matemática. Eu ia saindo para o estacionamento e o vi escorado à porta da escola, sozinho, sem guarda-chuva.

Parei ao seu lado e fiz o comentário mais clichê impossível:

— Que tempinho, hein.

Ele respondeu com um sorriso.

Fernando tem no máximo quarenta anos. Tem o cabelo bastante grisalho para a idade, contrasta com as sobrancelhas grossas totalmente pretas. A voz é delicada, mas não afeminada. Nunca interrompe alguém falando, escuta até o fim, com seu olhar atento, mesmo em assuntos triviais. É um dos poucos homens em nosso quadro docente e o único solteiro.

Está conosco há dois ou três meses, e acho que foi a primeira vez que nos vimos a sós. Se já acontecera, não reparei.

As gurias dizem que ele traça todas, que chegou famoso do outro colégio. Não dá para confiar, as gurias falam de todo mundo. No caso dele, solteirão e apessoado, era certo que viriam com essa ou diriam que é homossexual.

Lhe ofereci carona sem saber se ele morava no meu trajeto para a escola do Maninho, nem se ele estava indo para sua casa e, acima de tudo, sem me dar conta do que estava potencialmente fazendo. Num átimo, perdi o bom senso.

Fernando sorriu de novo. Eu caí em mim, me arrependi, passei a torcer para ele dizer não. Senti minhas bochechas quentes, devo ter ficado vermelha.

— Não precisa te incomodar, já chamei um táxi — ele disse.

Sim, eu não precisava me incomodar.

Vamos morrer sem ter certeza se nosso pai encontrava a mãe de Ana ou se apenas trocavam cartas. Geni provavelmente soubesse, ele pedia para falar só com ela nas visitas que lhe fazíamos no presídio (e foi ela quem, após o suicídio do pai, entregou à mãe de Ana sua parte da correspondência, que ele contara onde estava guardada). Eu ficava do lado de fora, na recepção, às vezes sozinha, às vezes havia outras crianças que não entravam junto com as mães. Na época, achava que elas me evitavam por saber que meu pai era um assassino. Agora, pensando bem, era eu quem as evitava, com o olhar fixo nalgum ponto do reboco descascado à minha frente e torcendo para o tempo passar rápido. Se era assim penoso, por que eu ia acompanhando Geni? Por ela, eu pensava. Diante do pai, nas raras ocasiões em que entrei, não sabia como me portar, e ele também parecia desconfortável.

Ao ler as cartas, meu primeiro sentimento foi ciúme, por nossa mãe. Um sentimento de que feriam sua memória, traição. Porque nada ali insinua nenhum contato entre os dois enquanto ela estava ainda viva. Fiquei algumas semanas com elas antes de te mandar, reli, reli, e um dia me flagrei acariciando os papéis. Foram mais de vinte anos de uma separação involuntária, mais de duas décadas em que se construíram vidas, não as que os jovens apaixonados sonharam juntos, mas vidas concretas, reais, as nossas vidas. O ciúme foi substituído por outro sentimento que não sei definir, pensar naquelas cartas agora me deixa confusa.

São onze e meia da noite. Andreia e Maninho já dormem. Paulo está indo se deitar. A vizinha de cima assiste a algum programa de auditório na TV (acho que ela é surda, quem ouve bem não precisa desse volume todo). No fundo é bom me estressar com a vizinha, não seguir pensando nas cartas de nosso pai e no bilhete que meu colega Fernando deixou em meu escaninho. O que escreveu? Nada demais: um agradecimento pela oferta de carona do outro dia. Quando o encontrei pessoalmente, foi a minha vez de responder com um sorriso.

Eu tinha vinte e dois, cursava o último semestre da faculdade, e aceitei o convite de Liliane, minha companheira de quarto, para passar um feriadão na casa de seus pais. Eles moravam em Canela. Liliane sabia que eu ainda não conhecia a Serra e que tinha muita vontade (enquanto morávamos na colônia, tu sabes bem, turismo era um luxo impossível para nós, e depois que saí para estudar, graças à ajuda de Maria Francesca e João Wagner, não queria abusar deles). Era baixa temporada, novembro, mas pelo menos eu veria o espetáculo das hortênsias florescidas.

Liliane, contudo, maquinava outra coisa além de me mostrar a paisagem: queria me apresentar seu primo de Caxias que também passaria o feriado lá. Eu recém havia acabado um namoro de quase três anos, não andava exatamente na fossa, diria que a relação "caiu de madura". Já o primo, ele estava mal, rompera o noivado com seu primeiro amor, a moça que era sua paixão desde a infância, o que não se via mais nem em filme.

Ela me inteirou da situação e de seu plano quando estávamos no ônibus, na metade do caminho. Temia que eu desistisse da viagem se me contasse antes. Fiz cara de braba, na verdade segurando o riso, o quanto pude. Ela captou, e nos soltamos as duas a rir. Liliane não era má pessoa, era um pouco atrapalhada, por vezes metia os pés pelas mãos, mas sempre desejando o bem dos outros. Antes de a censurar, fiquei curiosa para ver esse homem de um único amor. Não lhe fiz mais nenhuma pergunta, passei o resto da viagem fantasiando como ele seria, os modos, a fala, a boca, o olhar. Aos vinte e dois, se não desde sempre, eu não tinha ilusões de que a realidade pudesse chegar perto da fantasia, acho que tive pouco espaço para a fantasia em minha vida. É que minha amiga dormira, e mesmo sem interesse em começar outro namoro tão cedo, o gostinho de imaginar o moço era melhor do que ficar olhando pela janela do ônibus.

O resto da história tu conheces: Paulo nos recebeu na estação rodoviária de Canela, me olhou diretamente nos olhos como nunca haviam me olhado antes, me encantei, e no domingo, ao embarcar no ônibus de volta para casa, eu sabia que me apaixonara.

Por que estou te contando isso de novo? Porque preciso lembrar, tentar sentir mais uma vez o que senti, sem comparações com o que sinto hoje, apenas sentir.

Acabou o castigo de Andreia. Ficou duas semanas sem visitar as amigas ou as receber em casa. Também duas semanas sem falar comigo. Me aguentei firme nessa queda de braço. Andreia, desde pequena, não é fácil de dobrar, aprendi a ser mais forte. A questão do fotógrafo, deixei para a mãe de Júlia resolver. Ela é advogada e parece que sabe fazer um barraco melhor do que eu. Não contei nada a Paulo, sua reação poderia agravar as coisas. Mexeram com a sua princesinha, ele vira bicho, tem um instinto de proteção com essa primogênita maior do que tem com o filho autista.

Por falar no Maninho, hoje ele me aprontou uma...

Depois da janta, quase toda a família na sala: Paulo assistindo ao *Jornal Nacional*, eu fazendo tricô, ele sentado no chão lendo uma revista sobre dinossauros (a fase dos trens passou, agora a moda são os dinossauros, só fala neles, quer livros, vídeos, bonecos, como aprende rápido). Maninho tem isso de ficar muito tempo na mesma posição, chega uma hora em que deve sentir dor, e decerto foi o que aconteceu: ele veio sentar no sofá, ao meu lado.

Terminado o noticiário, Paulo saiu da sala sem desligar a TV. Eu não sou de ver novela, mas estava embalada no tricô e longe do controle remoto, numa preguiça de me levantar, deixei assim. De canto de olho, reparei que Maninho fechara a revista. Tricotando, pensei em pedir para ele me alcançar o controle. Ia falar, e sinto que ele encosta a cabeça em meu ombro. As agulhas do tricô pararam, minha respiração parou, acho que meu coração bateu mais lento como fosse parando. Eu não sabia o que fazer e queria que Paulo visse aquilo, queria chamar Andreia, mas tinha medo de afastar o menino se gritasse para os outros. Queria congelar o tempo. Por um minuto, senti que outra vida era possível, que tudo poderia ser diferente, meu filho, minha filha, Paulo... que tu poderias me responder, não me deixar falando sozinha. Queria ouvir a tua voz.

Mas o que ouvi foi o som mais feio, o que me trouxe de volta: Maninho ressonava. Não me acostumo com essas peças que a vida prega. Eu já te disse, vivo tendo esperança.

Morar aqui tem a parte ruim da cidade grande, que é a violência, a gente nunca se sente seguro, e a parte ruim da cidade pequena, a falta de privacidade, todo mundo sabe da tua vida. A gente de fato *nunca* está seguro.

Hoje não tivemos aula, um aluno do ensino médio morreu ontem à noite e foi sepultado essa tarde. Eu não o conhecia, só de vista. Tinha dezesseis anos, era um menino bonito. No enterro, uma de suas professoras me disse que ele era alegre, extrovertido, inteligente... Ela chorava:

— Ninguém imagina por que fez isso.

"Isso" foi o suicídio. Me contaram no cochicho: ele já estava deitado para dormir, saiu da cama, passou pelos pais na sala, perguntaram-lhe o que houve, disse que ia tomar água, foi à cozinha, tirou a mangueira do gás do fogão e pôs na boca.

O cemitério estava cheio. Além dos familiares e amigos, nossa escola foi toda, alunos e professores em peso. Pelo que entendi, a causa da morte não era de conhecimento público, ou era, mas comentada sempre do jeito que me falaram, baixinho.

Não consegui cumprimentar os pais do menino. Cheguei bem perto deles... A mãe devia ser pouco mais velha que eu, ela não chorava, os olhos semicerrados (acho que a doparam). Eu não tinha o que dizer àquela mulher. Me vi no seu lugar e, no seu lugar, eu não ia querer ninguém me consolando, só que o tempo voltasse até o dia em que meu filho nasceu para eu fazer tudo diferente. Mas o quê? Fiquei paralisada, a dois metros dos pais do morto, pensando em voltar correndo para casa e abraçar minha filha adolescente, prender a Andreia em mim e lhe dizer o quanto a amava. As pessoas na fila dos pêsames me empurravam para o lado. Senti uma mão firme em meu ombro e olhei para trás: era Fernando.

Cheguei em casa no início da noite. Paulo buscara o Maninho no colégio, como eu havia pedido, e agora estava cozinhando. Andreia parecia agitada. Eu disse que precisava tomar um banho. Ela me seguiu e entrou comigo no banheiro, tinha a respiração ofegante. Perguntei o que era, se não se sentia bem, se precisava de alguma coisa. Ela me mostrou seu celular e, gaguejando, falou que sim, precisava de uma explicação: Júlia me vira entrando de carro na garagem de um edifício no fim da tarde, com um homem.

O fim de semana foi estranho. Andreia e eu nos evitávamos dentro de casa. Como se ela tivesse tanta vergonha de me encarar quanto eu tinha de olhar em seus olhos. Meu discurso foi o de negar, insistir que não era o que parecia, que nada de mais acontecera, mas Andreia não é burra. Hoje em dia ninguém é, todos nascem espertinhos. Não imagino como será nossa relação daqui para a frente. Não bastasse eu me olhar no espelho e ter dificuldade para entender que Valentina vejo nele, minha filha também não sabe mais quem é sua mãe.

O que me deixou respirar um pouco foi a visita de Pedro. Ah, nosso pequeno, tão lindo, o franzino de sempre. Em janeiro se ordena padre, veio nos convidar para a cerimônia. Disse que fará o mesmo com Ferrucio e Estevam, e para ti mandará o convite pelo correio. Disse que ficaria muito feliz de ver a família toda reunida (Maria Francesca insiste em pagar uma festa, mas ele não quer) e me perguntou se tenho falado contigo. Menti que sim, que estás bem, que escreveste um livro novo. Não lhe contei que era sobre nós, como não contei sobre as cartas da mãe de Ana.

Perguntou por Artur. Sinceramente, não gosto de falar desse tema com um padre, ou quase padre (bobagem minha). Respondi apenas o que sabia, que vocês acabaram, sem pormenores. Ele disse que reza por ti.

Por tudo o que passamos, acho que ainda vejo Pedro como um filho. E fico aliviada: ao contrário de ti e de mim, ele vive em paz, não carrega as nossas cicatrizes. É bom que alguém tenha escapado, é um sinal de que nós outros temos alguma chance, que um dia...

Bem, vamos tentando.

Minha colega Maria Inês estava de aniversário, quarenta e cinco anos. Este ano, resolveu dar uma festa na escola, na sala dos professores, para nós e as serventes. Encomendou salgadinhos e fez ela própria os doces. Maria Inês é meio nervosa. Havia duas semanas não falava em outra coisa além da festa, como se fosse comemorar quinze anos no salão do clube. Uns dias antes, veio me consultar sobre o horário. Se fizesse depois das aulas, no fim da tarde, muitos iriam embora, então era melhor fazer no recreio, não era? "No fim da tarde *todos* iriam embora", pensei, mas disse apenas "Tem razão, no recreio é melhor". Não somos íntimas, estranhei ela vir compartilhar comigo a preocupação. Até que, dali a meia hora, a vejo num corredor perguntando a mesma coisa a outra professora.

Afinal deu certo. Por simpatia ou pelos salgadinhos, estavam quase todos lá. Eu praticamente não comi, tinha o estômago embolado. Fiquei em pé, escorada na janela, observando meus semelhantes...

Joana Mendonça, a mais jovem, recém concursada, veio

da fronteira; diz que ainda não se acostumou com o frio daqui, mesmo criada com o vento minuano, isso que ainda não chegamos ao forte do inverno; menina da cidade, se tivesse que andar quilômetros de chinelo de dedo até a escola rural, como foi com a gente, reclamaria menos. Ivete, sempre gorda, sempre fazendo dieta, perguntando a Maria Inês se podia levar dois docinhos para a irmã que mora com ela; falou "dois" docinhos com muita precisão, porque três seria pedir demais, um seria pouco, e não se fala vagamente quando o assunto é de tanta importância; uma vez a encontrei numa loja com a dita irmã, magra, um fiapo de magra. As serventes não se misturam; são três; comiam uma de frente para a outra, falando pouco e apenas entre elas. O novo da escola, Fernando, veio transferido; quarentão e solteiro, cabelo bastante grisalho, tem fama de pegador, e corre à boca pequena que foi essa a razão da transferência, que houve um caso com a diretora da antiga escola e, depois de acabado, não tinham como conviver; passou a festa muito à vontade, mas sem conversar com ninguém; tem jeito de quem se acha gostoso e espera ser assediado. A mais neurótica de todas nós, Eugênia, o tempo todo de olho grudado no relógio: se a festa passasse do recreio, seria o caos; ela me olhava de vez em quando, como a pedir ajuda.

Posso acrescentar Valentina. Sentada entre muitos, sentindo-se numa sala vazia. Órfã desde os doze anos, casada com um homem que talvez a esteja traindo, mãe de uma adolescente normal (e por isso problemática) e de um menino autista que ela ama com todas as suas forças (embora ele nunca olhe nos olhos dela). Teve muita vontade de se jogar pela janela, não para cair lá embaixo, mas para voar.

PEDRO

Hoje foi um dia igual aos outros, com a graça de Deus. Rezo para que amanhã também o seja, apesar da missa de ordenação. Rezo pela saúde de meus irmãos, penso e vejo o rosto de cada um deles, de meus cunhados, de meus sobrinhos. Rezo pelo descanso de Geni. Rezo por nosso pai, que o Senhor tenha piedade da alma dele. Pela minha mãe, que morreu por mim, como Nosso Senhor Jesus Cristo morreu por todos nós. Sou grato ao reitor padre José Wilibaldo por compreender meu pedido de não ser ordenado em nossa cidade natal, como é o costume diocesano. Ele, que tão bem conhece minha história, poderia alegar que o sacerdócio foi uma resposta aos pecados de meu pai, que as pessoas assim o entenderiam e veriam a beleza que nasce da dor. Entretanto, justamente por me conhecer e saber o quanto rechaço qualquer explicação psicológica para o que deveria ter origem mais sublime, não insistiu. A diocese perde a chance de exaltar e incentivar o nascimento das vocações no seio da comunidade, mas padre José Wilibaldo, antes de ser político, é um servo de Deus, e como tal soube lidar com a questão. Num momento como este, tenho que ser grato a tantas pessoas que me apoiaram na escolha maior de minha vida: desde minha catequista, professora Maria de Lourdes, de quem ouvi pela primeira vez sobre a bênção que é o chamado para atuar como ponte entre os homens e Cristo, ela que não esperava plantar uma semente tão fecunda entre meninos que ainda mal sabiam ler e escrever; minha irmã Maria Francesca e seu marido João Wagner, que me ajudaram financeiramente; até meus estimados professores das faculdades de filosofia e teologia, tanto os padres quanto os leigos, não só pelos ensinamentos, mas também pelo exemplo de postura cristã, e aí destaco nosso diretor espiritual, padre Mauri, cuja ausência seria impensável em meu percurso de seminarista.

Hora de lembrar também meu amigo Henrique, certamente a maior amizade que construí no seminário. Três anos mais velho que eu, já ia para o fim da filosofia quando cheguei. Era considerado entre todos o mais estudioso e comprometido, não tinha distrações a não ser cuidar do jardim, tarefa em que se empenhava com a mesma seriedade dos estudos. Tinha uma inteligência incomum, que às vezes me constrangia, fazia eu me sentir um pouco bobo e, estando com ele, mais ouvir do que falar. Seu único defeito era a timidez. Comigo se abria, assim eu pensava, mas em público só se manifestava quando solicitado. Para mim, falava das flores, ele as conhecia como pessoas da família. Eu o acompanhava nos canteiros, e enquanto as regava, podava, transplantava, ia me contando suas necessidades e manias. As flores lhe respondiam, gratas, irradiando seu colorido e seu encanto. Henrique tinha uma predileta, a rosa-do-deserto. Era a que lhe dava mais trabalho, porque não era para o nosso clima, precisava de muito sol, não podia acumular água e não resistia ao frio. Ele a plantara num vaso e a levava para dentro do prédio nas épocas de geada. "Ela não deveria estar aqui", uma vez me disse, podando-a, de costas para mim, e não entendi o tom da frase, se era orgulho por mantê-la viva por tanto tempo ou algo beirando a desistência, por ela nunca ter florescido. Guardarei a imagem de Henrique sempre muito viva dentro de mim. Ele que me sugeriu trabalhar na Pastoral Carcerária, disse que isso me faria bem. Foi o último conselho que me deu antes de ir embora, de voltar para sua cidade planejando seguir a profissão do pai, mecânico de tratores. "Lá é o meu lugar", foi tudo o que nos falou como justificativa. E eu não perguntei mais nada, mesmo sendo seu amigo, não por respeito, mas porque intuí que poderia não o compreender.

Os encontros da Pastoral seguiam mais ou menos um roteiro de pregação, de escuta, canto, orações. Éramos bem orientados sobre como nos portar e sobre os limites de nossa atuação. De todas as pastorais, essa talvez fosse a mais delicada. A Igreja falava em descobrirmos os traços de Cristo no rosto do ser humano encarcerado neste mundo. O desafio era fazer eles mesmos vislumbrarem esse elo e terem fé. Alguns presos se entregavam profundamente à palavra do Senhor, outros nos recebiam com desconfiança, e havia os que estavam ali só para matar o tédio. De regra, nos primeiros encontros, já sabíamos quem era quem. Um deles, no entanto, demorei a definir. Chamava-se também Pedro e passava calado. Sentava-se na cadeira de palha virada com o encosto para a frente e nele apoiava os cotovelos. Não rezava, não cantava, no máximo fazia estalarem os dedos de vez em quando como se fosse quebrá-los. Perguntei sobre ele a um agente penitenciário, que me relatou: condenado por quatro homicídios, matador de aluguel, pegara trinta anos. Não sei se o agente lhe contou que andei fazendo perguntas, mas Pedro começou a me olhar, e eu a evitá-lo. De canto de olho, um dia reparei que ele estava cantando conosco. Sentou-se mais perto do grupo, sempre me olhando. Na despedida, veio falar comigo, perguntou se eu tinha um tempo, ele precisava conversar. "E por que não falaste ao grupo?", reagi. "Quero fazer uma confissão", ele disse de pronto. Expliquei-lhe que não podia ouvi-lo em confissão, ainda não era padre, mas que, no próximo encontro, eu tentaria levar um padre. "Tem que ser contigo", ele disse com os olhos cravados em mim, que mal piscava. De repente fiquei com medo, minha pele gelou, minhas pernas fraquejaram e não conseguia respirar direito. Não medo de ele me agredir ou de nada que pudesse fazer, era outra coisa que no momento eu não entendia. Eu tinha que ir embora e não voltar mais. Passei três dias com dificuldade em me concentrar nas aulas, nos estudos, nos afazeres, até que pedi para conversar com padre Mauri. O bondoso padre me ouviu com muita atenção e toda a sua paciência. Eu iniciei confuso, misturava os assuntos, não conseguia expressar o que me incomodava no pedido que o detento fez... quando percebi falava de Henrique e suas flores, de Henrique e sua decisão. "Não que eu tenha dúvidas", falei. E ele fez um discurso longo sobre a dúvida ser algo normal, disse que eu estava prestes a me tornar diácono, que a experiência numa paróquia poderia esclarecer-me os sentimentos a respeito da vocação e meu futuro. Não me agradavam os caminhos que a conversa estava tomando. Padre Mauri recordou alguns fatos de minha vida, e foi então que o mistério se elucidou, mas dentro de outro mistério: o que me deixou temeroso, o que me desesperou no olhar do presidiário foi a sensação pungente, repugnante e inescapável de que ele me conhecia. Sem outra resposta e sem querer me fazer mais perguntas, ali decidi que era o fim de meu trabalho na Pastoral Carcerária. Faltava pouco para terminar a faculdade de teologia, logo chegaria a ordenação, eu veria meu sonho realizado, não havia espaço para esse tipo de sofrimento.

Porque nunca estive em dúvida, nunca hesitei. Meu chamado foi inequívoco desde a infância. Naquela noite da orientação com padre Mauri, acometeram-me uma insônia e um verdadeiro pesadelo em vigília: por mais que me esforçasse em não pensar nele, o presidiário seguia encarando-me, seu olhar me prendia. Quis rezar, comecei uma prece várias vezes, mas todas eram interrompidas pela imagem do assassino chamado Pedro e parecia que eu podia ouvir sua voz e ele falava numa língua desconhecida, embora desse para entender exatamente o que estava dizendo: "Eu sei quem tu és". Devo ter dormido perto do amanhecer, de exaustão. Dias depois, durante a homilia de padre José Wilibaldo na missa das seis, intuí a real identidade de meu algoz... Ora, como não me dera conta disso antes! Quem mais teria gozo em interromper orações se não ele, o Tentador? E o que ele queria dizer? Que eu não possuía uma vocação legítima? Isso, porém, vindo de sua pessoa, tinha que significar o contrário. E se ele estava assim tão interessado em minar minhas convicções, eu andava por uma trilha reta... não deveria me preocupar.

Sábado passado, uma gripe intensa me impediu de fazer os trabalhos do diaconato. Fiquei no seminário, recolhido em meu quarto, de repouso. Padre José Wilibaldo trouxe antitérmico e vitamina C efervescente e me pediu para não fazer as orações com o grupo. Disse que, no almoço, me traria sopa, que eu não precisava descer ao refeitório. Passei a manhã ora dormindo, ora lendo, conforme a doença permitia. A febre ia e voltava. Lá fora, uma esplêndida manhã ensolarada com um pouco de vento. Devido aos calafrios, eu não entendia se estava calor ou não. Foi num desses momentos febris que pensei em começar o diário. Com o corpo dolorido e pesando, vim até a escrivaninha e abri o caderno. Ainda não sabia o que escrever. Olhei pela janela e vi, na calçada do outro lado, um pai e sua filha. Pelo tamanho e pelo jeito de andar, a menina não devia ter mais que dois anos. Tinha cabelo comprido e negro, preso, a pele branca e grandes olhos castanhos e redondos que se destacavam de longe. Já os vira aqui na rua outras vezes, moram num prédio azul pouco adiante do seminário. O pai insistia para andarem de mãos dadas o tempo todo, mas a menina resistia, querendo desbravar a calçada por conta própria, por vezes indo em direção à rua, o que fazia o homem correr a lhe corrigir o rumo. Eu olhava para eles e para o caderno, a folha em branco questionando-me a própria necessidade de escrever. A resposta, não a sei ainda hoje. A diferença é que, sábado, não pude começar sem ela e, agora, a pressão é mais forte. Ou aquele pai me distraiu na sua missão prosaica de levar a filha a passear numa manhã ensolarada, evitando, com algum custo, que ela corresse riscos, fazendo-a andar no caminho certo, tentando conduzi-la pela mão... Não me lembro do rosto de meu pai a não ser por fotografias. Não me lembro de sua voz e acho que ele nunca pegou em minha mão para me ensinar a andar. Tudo o que conheço dele e de minha mãe é através do que ouvi dos irmãos, e sei que ela o faria. Não devo mais me perguntar por que a vida de uns vale a de outros. Não sou merecedor da resposta. Compreendi que mesmo a indagação já é um pecado. Soberba. Querer saber o que só pode quem tudo sabe. Mas espero que um dia meus irmãos me perdoem por ter lhes arrancado a mãe de suas vidas e reconheçam que tudo o que faço é pensando neles, que a ponte da qual minha catequista falava se construiu antes de tudo para chegar a eles. Por isso, rogo a Deus pela salvação de nosso pai, pela alma de Geni e que os vivos continuem amando uns aos outros* e não deixem a família morrer também em seus corações.

* Nove da manhã de sexta-feira, um dia antes de Pedro começar seu diário. Na colônia, Estevam e Ferrucio, quietos, tomam chimarrão na varanda a contemplar a chuva. Em Caxias do Sul, Valentina abre a porta do quarto de seu

filho, veio acordá-lo. Em Santa Catarina, Maria Francesca assiste na TV a um programa de culinária para senhoras donas de casa. Em São Paulo, a garoa que atravessou a madrugada gela o ar no centro da cidade, em pleno janeiro, e Antônio entra numa padaria perto da agência publicitária onde trabalha. Ele pede um café com leite, seu desjejum habitual. No balcão, a seu lado, está Charles Dresser, que é completamente calvo, tem quarenta e seis anos e pediu um espresso duplo. Dormiu na casa da amante pela primeira vez e não sabe o que dizer à esposa. Seu álibi, o futebol com os colegas, cobria-o no máximo até às onze horas (após o jogo, vem um churrasquinho com cerveja). O problema foi a bateria do celular que descarregou, e a soneca depois do sexo alongou-se até de manhã. Estava relaxado. O espresso duplo esfria enquanto ele pensa que só resta dizer a verdade. Seu casamento anda mesmo definhando, uma convivência moribunda em que um não faz mais do que suportar o outro há anos. Mas pensa nas crianças, no menino de doze e na menina de oito. Achava que não se divorciara antes por causa delas, o que talvez fosse apenas falta de coragem. Agora sente que, de fato, o medo é a trava mais forte, mais que todas as razões pensadas, argumentadas e construídas a partir de valores que no momento lhe soam abstratos. Medo de ficar só ao ver sua família se esfacelar, de perder o amor dos filhos, de morrer velho, esquecido e sem amor. O que Charles Dresser não sabe é que, de algum modo, e nem sempre aparente, as famílias são eternas — o que torna tudo isso muito difícil de compreender.

Agradeço pela ajuda na pesquisa de ambientação, costumes e estilo a Lucinara Zago, Escobar Nogueira, Juarez Espíndola, Rosa Elaine Uberti e Robson Pereira Gonçalves; ao padre Bertilo João Morsch pelas informações sobre a vida no seminário; a Vitor Biasoli e Valesca de Assis pela imprescindível leitura; e a Luiz Antonio de Assis Brasil por tudo o que vem me ensinando nas últimas duas décadas.

ESTA OBRA FOI COMPOSTA PELO GRUPO DE CRIAÇÃO EM ELECTRA E
IMPRESSA PELA GRÁFICA BARTIRA EM OFSETE SOBRE PAPEL PÓLEN SOFT
DA SUZANO PAPEL E CELULOSE PARA A EDITORA SCHWARCZ
EM NOVEMBRO DE 2017

A marca FSC® é a garantia de que a madeira utilizada na fabricação do papel deste livro provém de florestas que foram gerenciadas de maneira ambientalmente correta, socialmente justa e economicamente viável, além de outras fontes de origem controlada.